미풍의 여왕

붉은 여왕

초판 1쇄 2025년 7월 20일

글쓴이 | 김영주 이정모 이현서 정명섭
펴낸곳 | 도서출판 단비
펴낸이 | 김준연
편 집 | 최유정
디자인 | 김선미
등 록 | 2003년 3월 24일(제2012-000149호)
주 소 | 경기도 고양시 일산서구 고양대로 724-17, 304동 2503호(일산동, 산들마을)
전 화 | 02-322-0268
팩 스 | 02-322-0271
전자우편 | rainwelcome@hanmail.net

ISBN 979-11-6350-144-2   43810

값 13,000원

*이 책의 내용 일부를 재사용하려면 반드시 저작권자와 도서출판 단비의 동의를 받아야 합니다.

차례

붉은 여왕
김영주 ··· 7

소녀 C
정명섭 ··· 49

붉은 여왕과 거울 속 공룡
이정모 ··· 89

파동의 언어
이현서 ··· 131

붉은 여왕

김영주

1.

"프렌치토스트랑 계란프라이 세 개요."

네네는 주문을 하고 바에 털썩 앉았다. 네네의 무게에 낡은 의자가 삐걱, 앞으로 기울었다.

"생크림 올려?"

미자 아줌마가 두껍게 자른 식빵을 계란물에 담그며 물었다.

"아직 생크림 남았어요? 인공 크림이면 싫은데."

의자에서 내려가 바닥에 고정된 의자 이음새 나사를 맨손으로 조이며 네네가 웅얼거렸다. 나사 돌아가는 모양새가 시원찮았다. 역시 맨손은 안 되네.

"너 주려고 남겨 뒀지."

미자 아줌마가 의자 고치기를 포기하고 바 테이블에 널브러진 네네 앞에 커피를 놓고 재빨리 프라이팬에 계란물 묻힌 식빵을 올렸다. 물 흐르는 듯 유려한 아줌마의 손놀림을 멍하니 바라보던 네네의 얼굴이 와락 일그러졌다. 머릿속에서 부드러운 목소리가 울렸다.

-에렌델 지구, 폭력 사태 발생. 3팀 출동 바람. 출동 바람.

아! 퇴근하고 뉴럴링크 끊는 걸 깜박했다.

"어휴, 진짜 허구한 날 출동이야."

네네가 한숨을 내쉬며 뉴럴링크의 접속을 끊었다.

"그러기에 누가 경찰이 되랬니?"

미자 아줌마의 통박에 네네는 혀를 날름 내밀었다. 네네가 우주정거장 1함대의 경찰이 되고 싶다고 털어놨을 때 미자 아줌마는 펄쩍 뛰었다. 사서 고생을 왜 하냐고. 하지만 아무리 영혼의 단짝인 미자 아줌마라도 해도 네네의 굳은 결심을 돌릴 수는 없었고 네네는 2년의 경찰학교를 거쳐 올해 갓 경찰이 되었다.

낡디낡은 우주정거장 1함대의 경찰이라니. 고생할 게 불 보듯 뻔했지만 그래도 1함대는 네네의 고향이었다. 다양한 국적의 지구인들과 그보다 더 다양한 행성인들이 거주하고 있는 1함대는 많은 문제가 존재했다. 최근 들어 우주로 향하는 항로가 확장되어 지구에서 델타 성운을 거쳐 에렌델 행성으로 가는 우주항로의 마지막 관문 역할까지 겸하게 되면서 가뜩이나 산재된 문제가 증폭되고 있었다.

"Z급 왕복선 때문에 일이 많아? 생크림 찾는 거 보니 신경 엄청 쓰이나 보네."

미자 아줌마가 걱정스레 물었다. 네네는 생크림을 잔뜩 올린 토스트 한 조각을 입에 우겨 넣으며 입을 열었다. 어차피 미자 아줌마의 눈을 속일 수는 없다. 속일 수 없을 바에야 차라리 발 넓고 수완 좋은 아줌마의 정보력을 최대한 이용하는 게 나았다.

"붉은 여왕이라고 들어 봤어요?"

"들어 봤지. 왜? 뭐가 잘못됐어?"

미자 아줌마가 호기심 어린 눈을 했다. 네네는 계란 세 개를 한꺼번에 입에 넣고 우물우물 씹었다. 오늘따라 계란이 고소했다. 역시 근무를 끝내고 뉴욕 델리에서 밥을 먹을 때만큼 행복할 때가 없었다. 호로록 커피를 마시고 만족스런 표정을 짓던 네네가 눈을 도로록 굴렸다.

"그냥 느낌이 좀 이상해서요."

붉은 여왕은 델타 성운 지구에 새로 생긴 약방이었다. 새파랗고 길쭉한 얼굴에 작은 촉수 수염을 턱에 두른 여자가 운영했는데 행성인들 사이에서 전해져 내려오는 약침이나 약초를 판매했다. 겉으로 보기에 별 볼 일 없는 약방이 거슬리기 시작한 건 일주일 전부터였다. 함께 순찰을 돌던 선배가 화장실이 급해 들어간 곳이 붉은 여왕이었다. 가게에 발을 들인 순간부터 이상하게 께름칙한 기분이 가시지를 않았다.

네네는 일주일 동안 속에 쌓아 두었던 이야기를 털어놓았다.

"그냥 겉보기엔 평범해요. 그런데 감이 안 좋아. 분명 뭔가 거슬리는 게 있는데 그게 뭔지 모르겠단 말이죠."

네네는 끙끙 앓았다. 가게를 샅샅이 뒤지면 분명 뭔가 나올 것 같았다. 하지만 뭐라고 말할 건데. 그저 기분이 나쁘니까 한 번 쑤셔 보자고 할 건가? 이제 경찰이 된 지 겨우 두 달도 안 되는 병아리가? Z급 왕복선 때문에 온 함대가 벌컥 뒤집어진 이 마당에? 미자 아줌마가 반쯤 빈 커피잔에 커피를 채우며 피식 웃었다.

"아이들 사이에서 도는 소문은 들어 봤지."

"소문요?"

"사랑을 이루려면 붉은 여왕에게 가라는 소문."

네네의 얼굴에 실망한 표정이 스쳤다. 아이들 사이에 도는 유치한 소문을 들으려던 게 아니었는데. 그러든 말든 미자 아줌마는 이야기를 계속 했다.

"지난주에 발렌타인데이 특제 케이크를 사러 온 아이가 그러더라고. 거기서 사랑의 묘약을 판다고. 자기도 그 묘약 덕분에 남친이랑 이루어졌다고."

사랑의 묘약? 오호라, 미성년자에게 사기를 친단 말이지? 시큰둥하던 네네의 눈빛이 반짝 빛났다. 적어도 시비를 걸 만한 핑곗거리는 되겠는데. 네네는 남은 생크림과 토스트를 한입에 털어 넣고 자리에서 일어났다.

"잘 먹었습니다. 내일 봐요."

짧은 치마바지를 팔랑거리며 가게를 나서는 네네를 보며 미자 아줌마는 너털웃음을 터트렸다. 네네의 감이라. 뭔지 몰라도 붉은 여왕은 이제 큰일 났다.

2.

미로는 급했다. 이보다 좋은 기회가 없었다. 어제, 뭐라더라, 아, 맞다. Z급 왕복선 13호! 그 배가 들어오는 바람에 1함대에 비상 수준의 경보가 걸렸고 그 덕에 항만의 안전보안부에서 일하는 아빠와 검역관인 엄마는 눈코 뜰 새 없이 바빴다. 왕복선이든 전함이든 하루에도 몇 번씩 드나드는 게 일상일 텐데 뭐가 그렇게 다르다는 건지. 잠깐 호기심이 생겼지만 이내 사그라들었다. 알 게 뭐야. 그게 중요한 게 아니었다. 지금 중요한 건 덕분에 삼 일 동안은 엄마 아빠가 미로에게 신경 쓸 여력이 없을 거란 거였다. 아침은 물론 저녁 식사 시간에도 얼굴을 마주할 기회가 없겠지. 히구치는 삼일이면 충분하다고 말했다.

미로는 만족스런 미소를 지으며 길 건너편 가게를 살폈다. 노란 가로등 바로 옆에 위치한 약초방은 히구치에게 들은 그대로였다. 가게 안이 들여다보이지 않게 초록색 페인트를 칠한 유리 위에 우주

공용어로 붉은 여왕이라는 상호가 써 있었다. 미로는 꽤나 공을 들여 쓴 금빛 글자를 한참 동안 노려보았다. 제대로 된 정보겠지? 자그마치 한 달치 간식비용을 건네고 들은 정보였다. 만약 조금이라도 허튼소리가 섞여 있기만 해 봐라. 머리를 전부 뽑아 버릴 테니까. 히구치의 길고 윤기 나는 머리를 쥐어뜯는 상상 틈으로 익숙한 목소리가 파고들었다.

"야!"

준이었다. 늦었다고 잔소리를 하려던 미로는 새삼 놀랐다. 준이 얼굴이 한참 위에 있었다. 언제 저렇게 자란 거야? 부자연스럽게 고개를 꺾으려니 가뜩이나 모자란 자존감이 깎여 나가는 느낌이었다.

"빨리 안 오고 어디서 게으름을 피우다 이제야 와!"

부루퉁한 미로의 반응에 준이가 어깨를 으쓱했다. 미로는 준이의 어깨를 툭 치고 몸을 돌렸다. 대답을 듣지 않아도 뻔했다. 고물상에 처박혀 있다 왔겠지. 어려서부터 오누이처럼 자란 사이였다. 준이는 미로를, 미로는 준이를 속속들이 알았다.

"미로야, 저기 꼭 가야 해?"

"당연하지. 너 히구치 못 봤어? 예뻐진 거 좀 봐. 좋아하던 애랑도 잘되고. 그게 다 여기서 파는 약 때문이라잖아."

왜 하나 마나 한 소리를 하냐며 미로가 방방 뛰었다. 왜 하긴. 마음에 안 드니까 그러지. 준이는 입을 꾹 닫았다. 마음에 안 드는 게 하나둘이 아니었다. 무엇보다도 미로가 저 이상한 약을 수소문한 이유가 마음에 들지 않았다.

　필립이라니. 하고 많은 남자 가운데 하필 푹 빠진 게 그런 아이인 걸 믿고 싶지 않았다. 준이가 아는 한 미로가 남자아이를 좋아하게 된 건 이번이 처음이었다. 그러니 미로의 취향이 성격도 아니고 능력도 아닌 그저 잘생긴 외모라는 것도 처음 알게 된 것이다. 필립의 얼굴을 떠올린 준이는 씁쓸한 표정을 지었다. 뉴욕 지구 최고의 미남. 그게 필립이었다. 오똑한 코라든가. 21세기의 지구처럼 새파란 눈동자와 적당히 그을린 얼굴을 후광처럼 감싸고 있는 금빛 곱슬머리. 그래. 인정할 건 인정하자. 잘생기긴 정말 잘생겼다. 옆 동네인 에렌델 지구와 고양 지구, 심지어는 멀리 떨어진 쓰촨 지구에서까지 필립을 한 번 보겠다고 올 정도니까. 그러니 미로가 필립에게 푹 빠진 건 이해할 수 있었다. 미로도 핑크빛 청춘을 보낼 권리가 있으니까.

　하지만 그냥 눈으로 보기만 하면 안 되나? 연예인 보듯, 유명인 보듯 속으로만 좋아하면 됐지! 꼭 남자친구로 삼아야 하난 말이다. 하고 싶은 건 꼭 해야 직성이 풀리는 성격이니 어쩔 수 없겠지. 그래도 그렇지. 적어도 자기한테 호감이 있는 애를 남자친구로 삼아야 하는 거 아닌가?

　지난 한 달 동안 미로는 필립의 눈에 들기 위해 피나는 노력을 해 왔다. 부스스한 검은 곱슬머리를 찰랑거리게 펴고 옅은 갈색으로 염색했다. 검정색 눈동자는 눈에 띄지 않는다며 눈동자 색을 초

록으로 바꿔 주는 안약까지 넣었다. 도대체 왜? 검은 눈과 곱슬머리가 제게 얼마나 잘 어울리는데! 여하튼 그 꼴을 하고 필립이 갈 만한 곳은 전부 쫓아다니며 선물과 쪽지를 퍼부었다. 학교, 집, 필립이 다니는 연기 학원까지. 다소 스토커 같은 짓거리를 계속 했지만 그런 애들이 한둘도 아니고. 필립은 정말 눈곱만큼도 미로에게 관심이 없었다. 고심하던 미로의 귀에 히구치의 소문이 들린 건 정말 우연이었다.

"스트레스 받아! 단거 먹으러 가자!"

절망한 미로를 끌고 뉴욕 델리로 간 건 준이였다. 1함대 통틀어 진짜 생크림과 커피가 나오는 곳은 그곳뿐이니까. 거기서 발렌타인 케이크를 사러 온 히구치의 이야기를 훔쳐 들은 미로의 눈이 반짝이는 순간, 준이는 앞으로 펼쳐질 지난 일들을 예감했다.

미로는 준이의 손을 야무지게 끌고 붉은 여왕으로 들어섰다. 생각보다 가게는 평범했다. 약침과 약초를 파는 곳이 그러하듯이 알싸한 냄새가 가게 안에 고여 있었다.

"어서 와요."

천장에 걸린 말린 약초들을 두리번거리던 두 사람은 쇠를 긁는 것 같은 목소리에 고개를 돌렸다. 새파랗고 길쭉한 얼굴에 작은 촉수 수염을 두른 작달막한 여자가 가게 안쪽에 드리운 구슬 커튼 뒤에서 나왔다. 어느 행성 출신이지? 처음 보는 행성인종이었다. 미로는 가게 주인의 턱에서 꿈틀거리는 촉수를 물끄러미 바라보다 입을 열었다.

"사랑의 묘약 사러 왔어요."

미로의 말이 끝나기 무섭게 주인은 촉수를 휘날리며 두 사람을 지나쳐 가게문을 열었다. 신경질적으로 가게 밖을 살핀 주인은 염탐하는 이가 없음을 확인하고는 문을 걸어 잠갔다.

"누구한테 듣고 왔어?"

심상치 않은 주인의 반응에 움츠러들었던 미로는 치마 주머니에서 붉은빛 단추를 꺼냈다. 소개장 같은 거라며 히구치가 건넨 것이었다. 단추를 받아 든 주인의 태도가 한결 누그러졌다.

"가격이 좀 센데. 괜찮겠어?"

"당연히 괜찮죠. 사람을 뭘로 보는 거예요?"

핏대를 세우는 미로에게 주인이 손바닥을 내밀었다. 미로는 냉큼 준비해 온 돈을 내밀었다. 기타를 사려고 3년을 꼬박 모은 돈이었다. 돈의 출처를 아는 준이는 못마땅하다는 듯 한숨을 내쉬었다. 약값을 챙긴 주인이 구슬 커튼 뒤로 들어가더니 손에 쏙 들어가는 검은 벨벳 상자를 가지고 나왔다. 상자 안에는 새끼손가락 굵기의 유리관이 두 개 들어 있었다. 검은 플라스틱으로 밀봉한 유리관 안에서 오묘한 색을 띤 액체가 출렁였다. 주인은 유리관을 하나 꺼내 빙글빙글 돌리며 미로와 준이를 번갈아 보았다.

"복용법을 알려 줄 테니까 잘 들어. 꼭 복용법을 지켜야 해. 나중에 효과 없다 어쩐다 징징거려도 환불은 안 되니까."

미로는 고개를 끄덕이며 침을 꼴깍 삼켰다.

"여기서 하나를 마시고 정확하게 12시간 후에 나머지 약을 마저 마셔. 약 마시고 곧장 물 마시면 절대 안 돼. 시간 꼭 지키고. 먹고 나면 몸에 열감이 느껴지고 나른해질 거야. 정상적인 반응이니까 걱정 말고. 한 번 먹었으면 꼭 나머지도 먹어야 해. 안 먹으면 부작용이 생기니까 꼭 먹어야 해. 알았지?"

"부작용요?"

준이가 발끈해서 미로 앞을 가로막았다.

"히구치는 그런 말은 안 했잖아! 그만두자, 미로야."

"그만둘 거면 빨리 말해."

주인이 준이를 노려보며 짜증 섞인 말투로 말했다.

"아니에요. 살 거예요."

미로가 준이를 옆으로 밀치고 유리관에 손을 뻗었다. 주인이 히죽 웃으며 유리관을 꽉 쥐었다.

어지간해서는 문제가 생길 리 없는 약이었다. 아주 정확하게 말하자면 문제가 생길 여지가 있긴 하지만 해결 방법 또한 존재했다. 붉은 여왕의 주인, 그러니까 피이는 과학자였다. 그것도 위대한 과학자. 비록 남들에게 인정받지 못하고 배척받아 쫓기고 있지만. 평범한 인간들은 원래 천재의 생각을 이해하지 못하는 법이다. 피이의 약은 유전자 발현을 조절했다. 몸 안에 발현되지 않고 잠들어 있는 열성 유전자를 발현시켰다. 예를 들자면 쌍꺼풀 유전자를 켠다든가 좀 더 키가 클 수 있게 생성이 멈춘 성장호르몬 유전자를 재활성시키는 기능을 했다. 요즘 세상에 유전자 조합 태어나, 장기 이식이나, 로봇 부품 교체 같은 다양한 선택지가 있는 것 같았지만 따지고 보면 그렇지가 않았다. 모든 게 다 돈 많은 행성인을 위한 것이다. 정거장을 발칵 뒤집어 놓은 13호만 봐도 그랬다. 10년을 거쳐 소행성 지역으로 이주하는 이주여행선이라니. 말이 여행선이지 그게 노예선이랑 뭐가 다른지.

피이의 약은 달랐다. 아주 소액의 돈만 있다면 얼마든지 좀 더 나은 형질을 지닐 수 있다. 물론 아직 시제품이고 보다 완벽한 약을 위해 실험 데이터를 모으는 중이긴 했다. 그러기 위해 옮겨 다니는 행성마다 발현시키는 조합을 조금씩 달리하고 그럴듯한 이름을 붙였지만 결국 기본적인 기능은 똑같았다. 도파민과 옥시토신, 세로토닌 호르몬 수용체 발현 신호전달 경로의 인위적 조절에 의한 열성 인자의 일시적 발현 증가. 사랑의 묘약 또한 그랬다. 천장에 가득 매단 말린 약초들이 피이의 비밀스런 가게를 흔하디흔한 약초 가게로 둔갑시켜 주었고 약은 은밀하지만 불티나게 팔려 나갔다.

한동안은 모든 일이 빈틈없이 잘 돌아갔다. 의미 있는 데이터가 차곡차곡 모였다. 호르몬 발현 메커니즘의 신호전달 연쇄반응에서 발생하는 오류가 규명되었고 수정됐다. 아직까지 옥시토신의 발현이 갑작스레 튀는 현상이 종종 있었지만 오차 범위 안에서 유효한 결과가 도출되었다. 적어도 에렌델 행성에서 앱실론 인디 행성을 거쳐 소행성 지대로 옮겨갈 때까지는 말이다. 그러다 일이 틀어졌다.

'처음 봤을 때부터 느낌이 싸했어.'

피이는 좀처럼 머릿속에서 떨어지지 않는 델타 행성의 소녀를 겨우 몰아냈다.

"삼 일이 지나면…."

막 입을 뗐을 때였다. 덜컹덜컹, 쿵쿵쿵. 누군가 거칠게 유리문을 두드렸다. 피이는 서둘러 상자를 미로에게 넘겼다.

"얼른 감춰!"

3.

미로가 치마 주머니에 상자를 쑤셔 넣자마자 요란스런 소리와 함께 문이 벌컥 열렸다. 피이는 눈을 홉뜬 채 우그러진 잠금장치와 침입자를 노려보았다. 어딘지 모르게 낯익은 얼굴이었다.

"어머! 이를 어째요. 문이 안 열려서 힘을 준다는 게."

너스레를 떠는 네네의 눈이 바쁘게 가게를 훑었다.

"어? 누나?"

뒤늦게 길게 늘어진 약초 다발 뒤에서 준이를 발견한 네네가 멋쩍게 웃었다. 지금 제 모습이 얼마나 괴상해 보일까. 가게를 염탐하러 왔는데 문이 잠겨 있었다. 문 닫을 시간은 아닌데 잠겨 있는 게 수상해서 문에 귀를 대 보니 인기척이 났다. 고민하던 네네는 눈을 딱 감고 몸으로 문을 세게 밀었다. 고장 난 문 핑계로 두어 번은 더 드나들 수 있을 거란 계산을 했던 건데. 하필 그 우악스런 모습을 아는 사람에게 들킬 줄이야.

"어, 준아? 너 여긴 어쩐 일이야?"

네네의 질문에 세 사람의 표정이 굳었다. 할 말을 찾지 못한 준이보다 피이가 빨랐다. 피이는 우그러진 잠금장치를 만지작거리며 네네에게 따지기 시작했다.

"완전히 못쓰게 됐잖아요! 이거 어떻게 할 거예요?"

"죄송해요. 수리비 물어 드릴게요."

"물어 주면 답니까?"

네네의 시선이 피이에게 쏠린 틈에 미로는 슬쩍 붉은 여왕을 나섰다. 준이는 네네에게 대충 손을 흔들어 보이고 미로를 따라갔다.

"어떻게 아는 사이야?"

길을 걸으며 미로가 물었다.

"어? 아, 저번에 고물상에 도둑 들었을 때 알게 된 경찰 누나."

흠칫 놀란 미로가 준이를 돌아보았다.

"뭐? 경찰?"

"응."

무심히 고개를 끄덕이는 준이를 노려보며 미로는 주머니 속 상자를 꽉 쥐었다. 소개장이 있어야만 파는 약이다. 경찰이 알아서 좋을 리가 없었다. 온전히 힘으로 문을 부수고 들어왔던 경찰을 떠올리니 소름이 돋았다. 금방이라도 경찰에게 뒷덜미를 잡힌 채 약을 빼앗길 것만 같았다. 미로는 빠른 걸음으로 바로 옆에 보이는 샛길로 들어섰다. 다행히 들어선 샛길은 쓰레기 한 점 없이 깨끗했지만 미로는 얼굴을 잔뜩 찌푸렸다. 여느 때 같으면 샛길에는 절대 들어가지 않았을 거다. 하지만 지금은 상황이 달랐다. 미로는 걱정 섞인 준의 눈길을 무시하고 상자에서 유리관을 꺼냈다. 하나만 마시라고 했지? 걸어오는 동안 섞였는지 오묘한 빛깔이었던 약 색깔이 붉었다. 미로는 유리관의 플라스틱 뚜껑을 열고 약을 한 번에 마셨다. 이때까지 경험해 보지 못한 쓴맛에 절로 욕이 나왔다. 입안 구석구석 금속성의 아린 맛이 스며들었다. 미로는 플라스틱 뚜껑과 유리관을 바닥에 던져 버렸다. 쓴맛에 기분이 상한 것도 잠시, 기대감에 저절로 입이 헤벌쭉 벌어졌다. 아침 7시 35분. 미로는 12시간 후로 알람을 맞추고 준이의 팔을 잡아끌었다.

"가자! 배고프다!"

어느새 인공하늘에 노을이 내리고 있었다. 청남색 하늘에 섞여 드는 보라색과 주황색 노을을 바라보며 미로는 폴짝 걸음을 옮겼다. 벌써 필립의 여자친구가 된 것처럼 마음이 들떴다.

네네는 서둘러 붉은 여왕을 나섰다. 빨리 문을 수리해 내라는 주인에게는 아는 수리점이 있으니 바로 사람을 보내겠다고 둘러댔다. 아는 수리점 따위는 없지만 수리비를 주는 순간 가게에 올 핑계가 사라지니까. 또 미자 아줌마의 도움을 받아야겠구나. 네네는 입술을 자근자근 씹으며 주위를 살폈다. 서둘러 나왔건만 준이와 여자아이가 보이지 않았다. 여자아이의 주머니가 불룩했는데. 사랑의 묘약을 산 게 분명했다. 근처에 무빙워크나 트램도 없으니 어딘가 샛길로 빠졌으리라. 네네는 가장 가까운 샛길로 뛰어 들어갔다.

바자작. 무언가 바스라지는 소리에 네네는 발을 들었다. 뭐지? 검은색 플라스틱의 정체는 금방 드러났다. 바로 옆에 작은 유리관이 함께 뒹굴고 있었다. 뚜껑인가 보네. 운이 좋았다. 유리관을 밟았더라면 얇은 샌들 바닥에 파고들 뻔했다. 네네는 쪼그려 앉아 유리관을 노려보았다. 가만 보니 액체가 조금 남아 있었다. 굳거나 말라붙지 않은 것으로 보아 버린 지 얼마 되지 않은 듯했다. 혹시 준이 일행이 버리고 간 걸까? 저게 사랑의 묘약일까? 손가락이 근질근질했다. 저걸 당장 주우라고, 주워서 분석실에 맡기라고 부추기는 소리가 들리는 듯했다. 이상한 걸 주워 왔다고 선배한테 욕먹을 텐데.

"까짓것, 욕먹고 말지."

망설이던 네네는 주머니에서 손수건을 꺼내 조심스레 유리관과 뚜껑을 감쌌다.

4.

삐삑, 삐삐삐삑.

아침 7시 25분으로 맞춰 놓은 알람이 요란하게 울렸다. 여느 때라면 냉큼 알람을 끄고 다시 이불 속으로 파고들었겠지만 오늘은 달랐다. 미로는 매트리스 아래에서 엄마에게 들키고 싶지 않은 물건들을 모아 두는 상자를 떼어 냈다. 상자에서 작은 벨벳 약상자를 끄집어냈다. 안에 든 유리관을 꺼내 뚜껑을 벗겨 내고 시계를 뚫어져라 노려보았다. 7시 31분, 32분. 정확히 35분에 약을 털어 넣었다. 어쩜 어제보다 맛이 더 아렸다. 깊은 곳에서부터 솟구치는 무언가를 다시 꿀꺽 삼켰다. 물이라도 한 모금 마실 수 있으면 좋으련만. 미로는 잔뜩 오므린 입을 손바닥으로 누른 채 옷장 앞으로 갔다. 학교 갈 준비를 하기에는 조금 일렀지만 아린맛을 잊으려면 뭐든 해야 했다.

팟! 동작을 감지한 거울에 불이 켜졌다.

"어? 이, 이게 어떻게 된 거야? 불 켜!"

미로의 명령에 방 안이 대낮처럼 밝아졌다. 미로는 거울에 비친 제 모습을 쏘아보았다. 달라졌다. 어디가 달라졌는지 콕 집을 수는 없지만 묘하게 예뻐졌다. 희미하게 보일락 말락 했던 쌍꺼풀이 조금 짙어진 것 같기도 하고, 동글납작했던 턱선도 한결 가늘어진 것 같았다. 묘약 때문에 예뻐진 건 아니라며 한사코 내숭을 떨던 히구치가 떠올랐다. 흥! 여우. 미로는 거울에 비친 제 모습을 홀린 듯 바라보다 팔목에 찬 스마트링에 접속했다.

〈준아, 학교 같이 가자.〉

깨어 있었는지 곧장 대답이 왔다.

〈좋아.〉

됐다. 필립을 만나기 전에 먼저 준이의 반응부터 봐야지. 준이의 반응이 시원찮으면 학교를 제끼고 붉은 여왕에 갈 생각이었다. 부작용이니 환불이 안 되니 빡빡하게 굴었지만 미로는 경험으로 알았다. 세상에 우기는 사람만큼 무서운 게 없다는 걸.

"야! 너 그 꼴이 뭐야?"

준이는 저도 모르게 비명을 내질렀다. 하마터면 눈이 튀어나올 뻔했다. 겨우 12시간 만에 미로는 미로가 아니게 되었다.

"너 반응 보니까 붉은 여왕에는 안 가도 되겠다."

미로가 눈을 부릅뜬 준이를 보며 흡족하게 웃었다. 아니야. 이건 정말 아니야. 준이는 신이 나서 사뿐사뿐 걸어가는 미로의 뒷덜미를 낚아챘다.

"미로야! 붉은 여왕에 가자! 해독제인가? 암튼 뭐든 있을 거야. 갑자기 얼굴이 이렇게 달라지는 게 말이 되냐?"

미로는 문어 빨판처럼 달라붙은 준이의 손을 털어 내고 계속 걸었다.

"왜? 예뻐지면 좋은 거지. 성형했다 생각해."

"예뻐? 넌 그게 예뻐?"

준이는 발을 동동 굴렀다. 차마 말은 못 했지만 미로의 부어 터진 아몬드 같은 눈을 얼마나 좋아했던가. 하루아침에 쌍꺼풀이 진한 눈이 되어 버리다니. 배신감이 뒷목을 타고 정수리까지 뻗쳐 왔다. 준이가 배신감에 치를 떨든 눈물을 찔끔거리며 제 뒷덜미에 달라붙든 미로는 굳건히 걸음을 옮겼다. 아무도, 문어빨판 같은 준이조차도 필립에게 향하는 제 발걸음을 막을 수는 없었다.

"아, 진짜 귀에서 피 나는 줄 알았네."

네네는 몸서리치며 뉴럴링크의 접속을 끊었다. 방금 전까지 선배에게 딱 죽기 직전까지 혼이 난 참이었다. 선배를 거치지 않고 멋대로 맡긴 유리관 때문이었다. 위계가 어쩌고, 절차가 어쩌고. 선배의 목소리가 금방이라도 뇌를 홀랑 태울 것처럼 머릿속에서 쩌렁쩌렁 울렸다. 네네는 성심성의껏 사정을 설명했다. 비록 뉴욕 델리에서 주위들은 소문이 미성년자들에게 불법 약을 팔고 있다는 익명의 제보가 되고, 샛길에서 주운 근거 없는 유리관이 확실한 증거물로 둔갑했지만. 그제야 머릿속을 온통 김 뿜는 온천탕으로 만들던 선배의 씩씩거리는 숨소리가 잦아들었다.

"당장 가서 꼬투리라도 잡아 와! 당장! 제대로 못 하면 너, 내가 꼭 혼쭐낼 거야. 감봉 처리돼야 정신 차리지!"

"네네, 선배. 네네."

"자꾸 네 이름 말하지 말고 가서 뭐라도 잡아 오란 말이야."

깜도 안 되는 아재 개그에 네네는 침묵했다. 여전히 적응하기 싫은 농담이었지만 그래도 다행이었다. 농담을 할 정도면 화가 많이 누그러진 걸 테니까.

그나저나 언제까지 여기서 기다려야 하나. 네네는 바퀴 세 개 달린 원동기에 걸터앉아 학교 정문을 살폈다. 아직 학교가 끝나지 않아서인지 거리는 한산했다. 미자 아줌마는 준이도 뉴욕 델리의 단골손님이라며 정보 주기를 거절했다. 그렇다고 포기할 네네가 아니었다. 그 길로 네네는 고물상으로 갔다. 목걸이 도난 사건 때문에 요즘 문턱이 닳도록 드나드는 곳이었다. 자그마치 19세기에 만들어진 물건이어서 주인 할아버지가 무척 신경을 썼다. 그곳에서 준이를 만났다. 세월에 닳고 낡은 물건에 매료된 17살짜리라니. 그게 신기해서 준이와는 금세 친해졌다.

"뉴욕 지구 제1고등학교지."

주인 할아버지에게서 준이의 학교를 알아낸 네네는 곧장 뉴욕 지구로 향했다. 밤새 13호 때문에 항구 근처를 뛰어다닌 탓에 노곤했지만 정신은 또렷했다.

얼마 지나지 않아 교문으로 아이들이 쏟아져 나오기 시작했다. 물속을 유영하는 물고기 떼마냥 한데 뭉친 아이들 틈바구니에서 준이를 발견한 네네는 혀를 찼다. 저거 필립이잖아? 그리고 그 옆에

찰싹 붙은 여학생은 분명 어제 붉은 여왕에서 봤던 아이였다. 쭈그러진 양상추마냥 시들해서는 연신 필립과 여자아이를 힐끔거리는 모양이 묻지 않아도 뻔했다.

네네는 슬렁슬렁 걸어가서 준이의 어깨를 툭 쳤다. 준이가 휙 뒤돌아봤다. 네네와 눈이 마주치자마자 뾰로통했던 준이의 표정이 순식간에 풀어졌다.

"어? 네네 누나!"

준이의 목소리에 여자아이가 잠시 걸음을 멈추고 뒤돌아봤지만 이내 필립에게 이끌려 갔다. 또다시 시무룩해진 준이를 보며 네네는 웃음을 삼켰다. 좋을 때다.

"많이 먹어."

저를 째려보는 미자 아줌마의 눈길을 애써 무시하며 네네는 준이 앞으로 햄버거 접시를 밀었다.

"뭔데요? 뭐 물어보려고 이렇게 많이 사 줘요?"

준이는 산더미처럼 쌓인 감자칩을 허겁지겁 입에 넣으면서도 불안한 표정을 지었다.

"네가 그렇게 말하니까 말 꺼내기가 무진장 쉬워지네."

네네가 히죽 웃었다.

"붉은 여왕."

켁켁. 준이가 우물거리던 감자칩을 토해 냈다. 미자 아줌마가 나는 듯 뛰어와 준이에게 물을 건넸다.

"아휴, 이것아. 애 밥 좀 먹이고 물어보지. 뭐가 그리 급해?"

쌀쌀맞은 미자 아줌마의 목소리 사이로 준이의 단호한 목소리가 끼어들었다.

"저 가 볼게요."

잔기침을 콩콩 하며 기어코 준이가 자리에서 일어났다. 네네가 준이의 뒤통수에 대고 외쳤다.

"조금이라도 이상한 일이 있으면 내게 와. 언제라도 좋아. 도와줄게. 알았지?"

문 바로 앞까지 갔던 준이가 멈칫하더니 도로 돌아왔다. 그러고는 네네에게 아련한 눈빛을 던지며 입을 열었다.

"누나, 햄버거랑 감자칩 싸 가도 되죠?"

와그작, 와그작. 준이는 봉투 안에 든 감자칩을 손에 잡히는 대로 마구 씹었다. 점심도 먹는 둥 마는 둥 했던 터라 배가 헛헛했다. 하지만 그리도 좋아하는 감자칩을 씹어도 도통 맛을 느낄 수가 없었다. 어제부터 몰아치듯 일어난 일들이 아직도 믿기지가 않았다. 그놈의 붉은 여왕! 그놈의 사랑의 묘약! 준이는 바드득 이를 갈았다.

도대체 약에 무슨 짓을 했으면 사람이 그리 바뀌는 거야? 준이는 도무지 제 눈을 믿을 수가 없었다. 두 번에 걸쳐 약을 먹고 미로는 변했다. 문제는 변한 미로를 필립이 마음에 들어 했다는 거다. 그렇게 스토커 짓을 해도 거들떠보지도 않던 필립이 갑자기 미로에게 다가와서는 이름이 뭐냐고 물었다. 미친놈. 욕이 절로 나왔다. 아직까지 이름도 모르고 있었어? 제 이름도 모르던 놈에게 헤벌쭉 웃는 미로에게 욕을 할 수 없어서 준이는 대신 필립에게 욕을 했다. 필립을 쫓아다니는 아이들 사이에서 한바탕 난리가 났지만 필립이 자기는 괜찮다고 착한 척을 해서 소동은 금세 가라앉았다. 필립이 너그러워서 정말 다행이라고 미로가 말했다. 다행인가? 차라리 어디 한군데 맞아서 정신을 잃었으면 좋았을 것을. 그랬더라면 12년이나 친구였고 지난 5년 동안 속앓이를 해 왔던 미로가 해파리처럼 흐물거리는 꼴은 안 봐도 됐을 텐데 말이다. 준이는 내일부터는 미로를 보지 않겠다고 다짐을 하며 감자칩 봉투에 손을 쑤셔 넣었다.

5.

이렇게까지 효과가 있을지 몰랐다. 미로는 변기에 걸터앉아 손거울을 들여다보며 승리자의 미소를 지었다. 보고 또 봐도 마음에 들었다. 갑자기 두피가 근질거리고 눈이 부어오르는 기분이 들어 급하게 화장실로 들어온 참이었다. 그 사이 쌍꺼풀은 더 도드라지고 덩달아 눈도 커져 있었다. 피부에서 광이 났다. 급격한 변화에 살짝 뒷일이 걱정되기 시작했다. 나중에 엄마에게 뭐라고 설명을 해야 하지 고민하다 문득 깨달았다. 이 약의 효력은 언제까지일까? 그러고 보니 약을 받으면서 아무것도 듣지 못했다. 지속시간은 어떻게 되는지 부작용은 뭔지 말이다. 모든 게 갑자기 문을 부수고 들어온 무식하게 힘만 센 경찰 언니 때문이다. 애꿎은 네네 탓을 하며 립스틱을 살짝 바르고 손거울을 주머니에 넣었다. 어쨌든 결과만 좋으면 됐지. 약을 먹은 지 단 하루 만에 필립의 여자친구가 되었잖아? 막 문을 열려는 참에 갑자기 밖이 소란스러워졌다.

"너 봤어? 필립 새 여자친구?"

미로는 나가려다 말고 도로 변기에 걸터앉았다. 또 다른 목소리가 피식 웃었다.

"여자친구는 무슨? 일주일도 안 간다에 내 스마트링이랑 팔찌 걸게."

오냐, 이제 그거 다 내 거다. 미로는 소리를 죽인 채 귀를 기울였다. 뭐가 그렇게 우스운지 한참을 낄낄거리다 한 명이 말했다.

"그 소리 들었어? 히구치 병원 입원했대."

"입원? 어머 남친 생겼다고 방방 뛰더니? 갑자기?"

"그러게 말이야. 게다가."

갑자기 목소리가 은근해졌다. 작아진 목소리를 들으려 미로는 문에 귀를 바짝 댔다.

"얼굴… 엉망… 끔찍…"

띄엄띄엄 들리는 말과 함께 끼아악 비명소리가 섞였다. 어쩌냐,

큰일이다 호들갑을 떨던 둘은 들어왔던 때처럼 갑작스레 화장실을 떠났다. 미로는 슬그머니 화장실에서 미끄러져 나왔다. 제대로 듣지 못한 이야기가 찜찜했다. 따라가서 히구치 이야기를 물어볼까. 잠시의 고민은 필립의 손짓 하나로 없던 일이 되었다.

"미로!"

필립이 미로를 향해 손가락을 튕겼다. 살짝 기분이 나빴지만 미로는 웃으며 필립에게로 걸어갔다. 나중에 저 손가락 튕기는 버릇은 고쳐 줘야겠다. 필립이 말간 얼굴로 제 옆자리를 탁탁 쳤다. 아, 이 버릇도 좀 고치면 좋겠어.

"미로! 우리 다 같이 춤추러 갈 건데 어때?"

필립이 정한 자리에 앉으면서 미로는 마지못해 웃었다. 춤이라. 지금 이걸 거절하면 다른 애들이 따라붙겠지?

"좋아할 거라고 생각했어! 우리 가서 재미나게 놀자?"

그저 웃었을 뿐 아직 그러겠다고 대답도 하지 않았는데 필립은 미로가 갈 거라고 여겼다. 거절이란 건 머릿속에 아예 존재하지 않는 모양이었다. 하지만 자기를 보며 환하게 웃는 필립의 얼굴이 너무 근사해서 미로는 조금씩 끓어오르는 뭉근한 불쾌감을 슬며시 밀어 넣었다.

〈준아 뭐 해?〉

스마트링으로 불러도 대답이 없다. 준이와 연락이 안 된 지 벌써 이틀이 됐다. 당장 해독제 구하러 가자는 걸 무시해서 그런가. 쪼잔하긴. 어제는 필립이랑 늦게까지 노느라 정신이 없어서 몰랐는데 정신을 차리고 보니 하루 종일 준이의 모습이 보이지 않았다. 단단히 삐친 모양이다. 미로는 침대에 벌렁 누워 다시 한 번 준이를 불렀지만 여전히 답이 없었다.

"쳇! 맘대로 하라지."

미로는 비밀 상자에서 사랑의 묘약을 담았던 벨벳 상자를 꺼냈다. 모든 일이 잘 되어 가고 있었다. 필립은 어디를 가나 미로를 데리고 다녔다. 그렇게나 바라던 일인데 이상하게 마음이 불편했다. 거슬리는 게 한두 개가 아니었다. 어딜 가나 필립을 추종하는 여자아이들도 함께였다. 물론 언제나 필립의 바로 옆자리는 미로 차지긴 했다. 하지만 이게 뭐 집단 연애도 아니고. 자고로 연애 초반에는 둘만의 알콩달콩, 콩닥콩닥, 떨리는 순간이 있어야 하는 거 아닌가? 마음에 안 드는 걸 하나 더 들자면 그건 바로 돈가스였다. 돈가스에 반쯤 미친 미로는 1일 1돈가스를 먹어야 직성이 풀렸다. 하지만 필립은 단 한 번도 미로와 함께 돈가스를 먹으러 가 주지 않았다. 왜냐고? 뭐가 먹고 싶은지 묻지 않았으니까. 뭐든 작은 것부터 큰 것까지 다 자기가 하고 싶은 대로 하니까. 그러면서 하얀 이를 그림처럼 씨익 드러내고 웃으면 끝이니까.

"이런 게 사귀는 거 맞어?"

준이는 안 그런데. 시무룩해서 중얼거리던 미로는 몸을 부르르 떨었다. 이 무슨 끔찍한 소리란 말인가. 어디다 그 울보 멍충이를 비교하는 건지. 연락도 안 받는 쫌생이도 불알친구라고 보고 싶은가 보다. 너무 심하게 몸서리를 치는 바람에 벨벳 상자가 침대 아래로 굴러떨어져 버렸다.

"아휴, 암튼 일생에 도움 안 되는 녀석 같으니라고."

미로는 투덜거리며 벨벳 상자를 주웠다. 제법 세게 떨어졌는지 뚜껑이 열리면서 유리관을 감쌌던 종이 뭉치가 튀어나왔다. 무심코 종이 뭉치를 쑤셔 넣던 미로는 상자 바닥에서 삐져나온 종이 한 장을 발견하고 끄집어냈다. 종이에는 붉은 여왕의 주인에게서 미처 듣지 못했던 복용법과 부작용이 자세히 적혀 있었다.

약은 한 번에 하나씩 12시간 간격으로 복용한다.
복용하고 물을 마시면 약효가 희석되니 절대로 물을 마시지 않는다.
72시간 안에 원하던 상대에게 고백을 듣지 못하면 심각한 부작용이 발생하므로 그 전에 반드시 해독제를 마실 것.
해독제는 붉은 여왕에 문의할 것.
72시간이 지나면 해독제가 들지 않으니 시간을 엄수할 것.

"큰일 날 뻔했네. 뭐 이런 유치한 게 다 있어."

이런 건 미리 알려 줘야지. 필립이랑 사귀기 시작했으니 망정이지

하마터면 어쩔 뻔했어. 낄낄거리던 미로는 갑자기 찌르는 듯한 두통에 펄쩍 뛰었다. 통증이 시작된 곳을 문지르던 미로는 왈칵 두피가 밀리는 느낌에 비명을 질렀다.

"이, 이게 뭐야?"

6.

"왜 그러니?"
잠시 옷을 갈아입으러 집에 들렀던 엄마가 방으로 뛰어 들어왔다.
"아무것도 아니야. 준이가 내일 돈가스 먹기 싫다잖아."
미로는 고개를 숙인 채 대충 얼버무렸다. 준이라는 이름에 잔뜩 커졌던 엄마의 눈이 반달 모양으로 휘어졌다. 엄마가 부산스럽게 방을 나서며 한마디 했다.
"싸우지 말고 재미있게 놀아. 이제 니들 다 컸어. 다녀올 테니까 먼저 자고."
미로는 얼른 고개를 끄덕였다. 엄마가 집을 나서자마자 미로는 욱신거리는 머리를 감싸안은 채 몸을 웅크렸다. 한 군데에서 시작됐던 두통이 머리 전체로 퍼져 나갔다. 미로는 제대로 돌아가지 않는 머리로 약을 먹은 지 얼마나 되었는지 헤아리기 시작했다. 71시간 하고도 45분이 막 지나가고 있었다.

뭐야. 고백 받았는데 왜 이래. 고백 받았잖아? 선뜩한 기운이 등허리를 스쳤다. 정말로 받았나? 미로는 진땀을 흘리며 필립의 말을 샅샅이 떠올렸다.

"너 이름이 뭐야?"

"내 옆에 와서 앉아."

"너처럼 예쁜 애는 나한테 어울려."

"나랑 같이 있자."

"내가 그렇게 좋아?"

그리고 말끝마다 날리는 근사한 미소와 다정한 말, 가슴을 떨리게 하는 손짓. 기억 속의 필립은 한 번도 말하지 않았다. 너를 좋아한다고.

미로는 부들부들 떨리는 마음을 애써 다잡았다. 괜찮다. 말로 하지 않았으면 어때. 표정과 행동으로 좋아한다고 말하고 있는걸. 고백은 지금 받으면 된다. 고백만 받으면 칼로 저미는 고통도 금세 사라질 것이다.

미로는 목소리를 다듬고 스마트링에 접속했다.

"필립?"

"안녕, 미로?"

필립이 기다렸다는 듯 대답했다. 다정한 필립의 목소리에 하마터면 제 상황을 모두 털어놓을 뻔했다. 사랑의 묘약을 마신 일이며 예뻐진 일, 부작용이 분명한 고통에 시달리고 있다는 것까지 전부. 지금은 아니야. 미로는 울음 섞인 목소리를 간신히 가다듬었다.

"필립, 오늘 말이야. 화장실에서 어떤 아이들이 내 흉보는 걸 들었다?"

"나쁘네. 흉을 보고."

필립은 역시 다정했다. 마음이 풀어진 미로는 이야기를 계속했다.

"걔들이 내가 네 여자친구가 아니라잖아. 일주일도 안 갈 거라잖아. 너무하지?"

갑자기 필립이 입을 닫았다. 잠시 침묵이 흐른 후, 필립이 다정하게 말했다.

"미로야, 미안. 내가 좀 그래. 워낙에 다정한 성품인 데다 남을 챙기지 않고는 못 배기는 배려 있는 성격이라 오해를 많이 받아. 그러지 말자 결심을 하는데 매번 마음뿐이라. 내가 오해하게 했으면 정말 미안해. 난 그저 너처럼 예쁜 아이가 우리랑 같이 어울릴 자격이 있다고 생각했을 뿐이야."

"…"

이런 미친. 미로는 새파랗게 질린 채 얼어붙었다. 미로의 침묵을 수긍으로 받아들인 필립이 마음의 짐을 덜은 듯 상큼하게 말했다.

"그렇다고 네가 싫은 건 아니야. 다만 그런 거 알까 모르겠는데, 나 같은 사람은 누구 한 사람한테만 잘할 수가 없달까? 무슨 말인지 알지? 그럼 우리 내일도 재미있게 지내자."

재미? 미로는 스마트링이 부서져라 꽉 움켜쥐었다. 앞에 필립이 있었더라면 가운데 손가락을 열 번은 날리고도 모자라 뒤통수를 두어 번 더 갈겼을 테지만 지금은 할 수 있는 것이 아무것도 없었다.

"아아악!"

머리가 쪼개지는 듯한 고통이 스쳤다. 이대로 머리가 터져 버릴지도 모른다고 생각이 들 즈음 갑작스럽게 고통이 멈추었다.

7.

"잡았어!"

네네는 방 한가운데 떠 있는 피이의 홀로그램을 보며 애써 흥분을 가라앉혔다. 우주 연방 3급 지명 수배자를 뜻하는 파란 리본이 피이의 팔에 감겨 있었다.

피이 사피로. 델타 행성에서 허가되지 않은 약을 불법으로 미성년자에게 판매한 결과 안면에 영구적인 손상을 가하고 도주 중.

역시 이상하더라니. 분석실에서 온 결과를 선배에게 전송하고 네네는 서둘러 폴리스 캡슐에 올라탔다. 준이에게 가야 했다. 준이든 누구든 사랑의 묘약을 마셨다면 일분일초가 급했다.

〈네네! 독단으로 행동하지 말랬지! 지금 어디냐?〉

선배의 목소리가 머릿속에서 울려 댔다.

"선배! 약을 먹었을지도 모르는 아이가 있어요. 그 아이 찾아올

게요."

〈네네! 기다…〉

네네는 제 할 말만 하고 뉴럴링크 접속을 끊었다. 어쩌면 선배의 말대로 기다렸다 타격대와 함께 움직이는 게 맞을지도 몰랐다. 선불리 움직였다가 붉은 여왕의 주인을 놓치게 되면 징계를 받을 수도 있었다. 하지만 네네에게 지금 이 순간 가장 중요한 건 준이, 어쩌면 필립 옆에서 하늘하늘 웃고 있던 그 여학생이었다. 네네는 캡슐에 고물상 주인 할아버지에게서 알아낸 준이의 주소를 입력하고 하고 스마트링에 접속했다.

"준이야!"

대답이 없었다.

"스마트링, 받을 때까지 연락해."

네네는 스마트링에 명령어를 입력하고 수동운전으로 전환했다. 앞에서 트램이 다가오며 요란한 경고음을 울렸다. 아슬아슬하게 두 대의 트램 사이를 통과한 네네는 굉음을 울리며 앞으로 튀어나갔다.

잠에서 깨어난 준이는 멍하니 천장을 바라보았다. 천장에서 홀로그램 별똥별이 요란한 빛을 내며 천장을 가로질렀다. 다섯 살 때 미로가 붙이다 미끄러져 머리를 찢어 먹은 별이었다. 에이, 참. 못마땅한 신음 소리를 내며 몸을 일으킨 준이의 눈에 벽에 걸린 나무 액자가 들어왔다. 오래된 물건에 집착하는 준이를 위해 미로가 열 달 동안 용돈을 모아 선물한 나무 액자에는 어이없게도 미로의 자화상이 끼어 있었다. 난데없이 네 얼굴이냐는 준이의 질문에 이러면 언제든지 자기를 볼 수 있다고 미로는 천연덕스럽게 대꾸했더랬다.

미로가 없는 하루하루는 너무 길었다. 지난 사흘이 마치 3세기처럼 길고 지루했다. 색색가지 펜으로 그린 미로의 자화상을 물끄러미 바라보던 준이는 숨을 크게 들이쉬었다. 졌다. 졌어. 그래. 마음에 안 드는 필립이랑 사귀면 뭐 어때. 저밖에 모르는 데다 여자애들을 물고기 떼처럼 몰고 다니는 상습어장 관리인에게 빠졌으면 좀 어때. 흉하게 쌍꺼풀이 진해지고 얼굴이 뾰족하면 좀 어때. 그래도 미로는 미로잖아. 준이는 서랍 안에 아무렇게나 던져 넣은 스마트링을 꺼내 팔목에 끼웠다. 준이의 혈관을 인식한 스마트링이 경쾌한 소리를 내며 활성화되었다.

〈준아!〉

기다렸다는 듯 네네의 목소리가 전송되나 싶더니 비상 모드로 강제 전환되었다. 준이는 입을 헤 벌린 채 제 방에 모습을 드러낸 네네의 홀로그램을 쳐다보았다.

〈사랑의 묘약! 누가 마셨어? 빨리 말해. 시간이 없어!〉

"미로요, 미로가 마셨어요."

〈어서 미로한테 가 봐. 미로 주소 전송하고.〉

기어코 일이 터졌구나. 술렁거리는 마음을 누르며 준이는 뛰기 시작했다.

"미로야!"

홍채가 등록되어 있는 준이는 미로의 집으로 뛰어 들어갔다. 미로의 집은 텅 비어 있었다. 요즘 바쁜 아줌마, 아저씨 때문인지 집 안에는 미처 처리하지 못한 옷가지가 수북했다.

"미로야!"

준이는 미로의 이름을 부르며 미로의 방문을 열었다. 미로 대신 활짝 열린 옷장이 준이를 맞았다. 허옇게 질린 채 서 있던 준이는 매트리스 아래로 손을 뻗어 비밀 상자를 찾았다. 없다, 없어. 상자가 사라졌다.

"이미로! 이 정신 나간 녀석!"

참다못한 준이가 버럭 소리쳤다. 옷가지며 비밀 상자까지 사라진 걸 보면 미로는 어딘가로 도망치려는 게 분명했다. 도대체 무슨 일이 생긴 거야? 미로에게 메시지를 보냈지만 지금은 받을 수 없다는 말만 되돌아왔다.

"어디서 애를 찾냐. 큰일이네."

뒤늦게 도착한 네네가 숨을 몰아쉬었다. 아! 준이가 외마디 소리를 지르더니 의기양양하게 스마트링을 내밀었다.

"여기 있어요, 미로."

커플위치추적시스템의 위대함이라니. 빨간 하트가 항만 위에 동동 떠 있었다.

기둥 뒤에 몸을 숨긴 미로는 거의 피이처럼 보였다. 새파랗게 변한 피부에는 촉수가 하나둘 돋아났다. 미로는 끊임없이 흘러나오는 눈물을 소매 끝으로 닦아 냈다. 가뜩이나 서러워서 눈물이 나는 마당에 홱 뒤집어진 쌍꺼풀 때문에 그대로 노출된 눈 안으로 매캐한 우주 먼지가 여과 없이 흘러들었다. 마지막으로 거울에 비쳤던 제 모습은 꼭 에렌델 행성인처럼 보였다. 이왕 이 꼴이 된 마당에 우주 함대를 떠나 에렌델로 숨어들리라. 미로는 굳게 결심했다. 여행선 뱃삯을 낼 돈 따위는 사랑의 묘약에 전부 써 버려 없었다. 미성년자를 보호자 허가서도 없이 태워 줄 리도 없었다. 하지만 모습은 변했어도 미로는 여전히 미로였다. 태어나 보니 항만의 안전보안부에서 일하는 아빠와 검역관인 엄마를 부모로 둔, 17년 동안 점심 저녁마다 항만의 구조와 오고 가는 우주선의 구조를 귀에 피딱지가 생기도록 밥상머리 교육을 받은 미로였다.

미로는 눈앞에 위용을 드러낸 우주선을 보며 쓴 미소를 지었다. 남자 보는 눈은 재앙급이었지만 배는 한눈에 알아볼 수 있었다. Z급 왕복선 13호. 지구를 떠나 델타 행성과 우주함대 1호선을 지나 온갖 행성을 두루 거쳐, 10년이란 긴 세월이 걸려 소행성 지대로 향하는 이민여객선이다. 찾아본 대로라면 정확히 2년 3개월 뒤면 에렌델 행성에 도착할 것이었다. 왕복선에 숨어든 후에 어떻게 먹고 살지 도무지 감도 오지 않았지만 일단 밀항에 성공만 한다면 미래가 보일 터였다. 만약 밀항한 게 발각된다 해도 Z급 왕복선의 관례상 밀항자를 쫓아내거나 우주에 버리지는 않을 터다. 미로는 등에 둘러맨 가방을 추키고 왕복선을 향해 걷기 시작했다.

"야!"

누군가 뒤에서 가방을 거칠게 낚아챘다. 준이었다. 턱에 난 촉수를 필사적으로 가리며 미로가 울먹였다.

"빨리 안 오고 어디서 게으름을 피우다 이제야 와! 이 멍청아!"

"미안해, 미로야. 좀 더 빨리 못 와서 미안해."

준이는 얼굴을 가린 미로의 두 손을 내렸다. 시퍼런 촉수가 갓 잡은 해산물처럼 퍼덕거렸다.

"에휴! 그러니까 그 약 먹지 말라니까."

준이의 말에 울먹이던 미로가 울음을 터트렸다.

"이 나쁜 놈아! 이제 와 그걸 말이라고 해? 어쩌라고?"

준이는 엉엉 우는 미로를 꼭 껴안았다. 눈물과 콧물에 더해 촉수 끝에서도 이름 모를 체액이 끈적하게 흘러내렸지만 준이는 미로를 놓지 않았다. 각종 체액에 파묻혀 미로의 웅얼거리는 소리가 점점 뭉그러졌다. 아마 이 나쁜 녀석아, 이 와중에도 잔소리냐. 따위의 말이었을 테지만 네네에게는 그저 꿀렁꿀렁, 쩌억. 소리로 들렸다.

그리고 마침내 미로가 울음을 멈추고 고개를 들었을 때 네네는 비로소 마음을 놓았다. 미로는 사랑의 기적을 바라고 묘약을 먹었겠지만 파랑새의 아이러니는 이곳에도 존재했다. 해산물의 여왕 같았던 미로의 얼굴은 어느새 붉은 여왕에서 처음 네네와 마주쳤던 부어터진 아몬드 모양의 눈과 둥글넙데데한 턱을 가진 여학생으로 되돌아와 있었다.

"그러니까 72시간이 훌쩍 지났는데도 미로의 모습이 정상으로 돌아왔다는 소식을 들었을 때 붉은 여왕 그치 얼굴을 봤어야 한다니까요."

네네가 생크림을 한 입 퍼 먹으며 신이 나서 떠들었다. 모처럼 흥미로운 이야기에 미자 아줌마는 눈을 반짝였다. 피이는 무척이나 절망했다고 했다. 이제까지 모은 데이터와 어긋나는 사례로 인해 결과를 예측하기가 어려워졌다며 울분을 토했다고 한다.

"아마 그 여자는 우주 연방 감옥에 갇히는 것보다 이제까지 쌓아온 데이터와 이론이 허물어지는 게 더 무서울 거다."

진정한 매드 사이언티스트라고 미자 아줌마가 말했다. 은근히 칭찬하는 말로 들리는 바람에 네네와 미로의 비난을 들었지만 미자 아줌마는 끄덕도 하지 않았다. 그러든 말든 준이는 별 관심이 없었다. 단 한 가지, 지금 온통 신경이 쏠린 것이라고는 미로의 입술에 묻은 생크림 덩어리뿐이었다. 어쩌면 사람이 저리 귀여울 수 있는 걸까, 준이는 그게 궁금할 따름이었다.

작가의 말

김영주

우주함대에서 태어난 네네라는 인물을 떠올린 건 작업실까지 자전거를 타고 다니자고 결심하던 날이었다. 처음에는 가뿐하고 상쾌했다. 그런데 차츰 땀이 나기 시작하더니 몸 여기저기가 삐걱거렸다. 웃기게도 가장 견디기 힘들게 아픈 곳은 다리도 허리도 아닌 엉덩이였다. 어찌나 엉덩이가 욱신거리는지 30분이 안 되는 짧은 시간 동안 몇 번이나 멈춰 서야 했는지 모른다. 그때 생각했다. 오래된 자전거 대신 멋지고 두툼한 바퀴가 세 개쯤 달린 원동기를 멋들어지게 모는 우주 경찰이 되고 싶다고. 프로그램으로 자동주행되지만 수동운전으로 전환해 굉음을 울리며 트램 사이를 돌진하는 거다.

땀을 뻘뻘 흘리며 작업실에 들어가서 단숨에 네네라는 캐릭터에 살을 붙였다. 네네의 보호자이자 단짝 친구인 뉴욕 델리의 미자 아줌마도 생각해 냈다. 그렇게 하고 나니 네네가 저절로 살아 움직이기 시작했다. 자기가 왜 우주 정거장 1함대의 경찰이 되었는지, 미자는 어떻게 만났는지, 정말로 하려는 일은 무엇인지 말이다.

붉은 여왕은 네네의 첫 번째 이야기이다. 마음만 앞서던 네네는 1함대에서 벌어지는 기묘한 사건을 겪으며 성장한다. 네네가 겪는 첫 번째 사건은 붉은 여왕의 주인 피이의 사건이다. 미친 과학자인 피이는 괴상한 약을 만들어 판다. 약을 먹고 누군가 부작용에 시달리든 말든 자기가 세운 이론을 완성하는 것보다 중요하지 않다.

혼란스러웠던 2025년의 6개월을 지나오며 그런 생각을 했다. 어쩌면 현 시대의 사람들도 피이만큼이나 자신의 생각에만 매몰되어 있는 건 아닐까. 나와 다른 생각과 시선, 진실과 정의는 중요하지 않은 게 아닐까. 수많은 부딪침과 갈등을 보며, 혹시 나도 좁은 시선으로 다른 사람을 재단하고 있는 건 아닐지, 나만의 짧은 생각으로 주위의 것들을 놓치는 건 아닐지 종종 두려웠다. 네네가 우주 함대를 거쳐 가는 우주인들의 사건을 해결하며 유연해지듯, 준이가 피이의 이론을 뛰어넘는 기적을 일으키듯, 가장 중요한 건 사람에 대한 애정이라고, 결국 사랑이 세상을 구하게 되리라고 스스로를 위로해 본다.

소년 C

정명섭

가까운 미래, 환경오염과 유전자 조작으로 인해 개미들이 거대화된다. 몸집이 커진 개미들과 인간들은 대대적인 전쟁을 벌인다. 하지만 개미들은 여왕개미들의 엄청난 생산 능력에 힘입어 인간들을 압도한다. 위기에 몰린 인간들은 여왕개미들을 제거하는 작전에 나서는데 가장 많은 개미알을 잉태하는 여왕개미 중의 여왕개미인 붉은 여왕을 노린다. 하지만 개미들은 인간들이 뿜어내는 페로몬을 추적하는 능력을 가지고 있어서 접근이 어려웠다. 그런데 16세 이하의 청소년들에게는 페로몬이 나오지 않는다는 사실을 알게 되는데…

붉은 여왕을 사냥하라

 붉은 개미 한 마리가 더듬이를 움직이면서 천천히 앞으로 기어 갔다. 서서히 어둠이 하늘에 스며들고 있었지만 여전히 빛은 사라 지지 않았다. 거대한 돌덩이를 하나 타 넘은 붉은 개미의 더듬이가 갑자기 바쁘게 움직였다. 공기 중에 흐르는 눈에 보이지 않는 페로 몬을 맡은 것이다. 땅에 닿을 듯 내려온 더듬이가 신중하게 페로몬 의 흔적을 찾았다. 마침내, 냄새가 나는 곳을 찾아냈다. 흙과 돌무 더기가 잔뜩 깔려서 아무것도 없어 보였지만 붉은 개미는 오랜 경 험상 그것이 입구를 가려 놓은 것에 불과하다는 것을 알고 있었 다. 잠시, 주변을 살펴보던 개미는 드디어 땅에서 수직으로 솟아오 른 인공적인 기둥을 발견했다. 먹잇감이 있다는 뜻이므로 개미는 팔자로 땅을 기어다니면서 동료 개미들에게 그 사실을 알렸다. 그리고 턱 양쪽에 있는 집게로 땅을 파헤쳤다. 잠시 후, 흙더미가 우수수 무너지면서 빈 공간이 나왔다. 이제 확신을 가진 붉은 개미는 다리로 바닥을 두드리면서 동료들에게 신호를 보냈다. 거대한 돌덩이를 넘어온 붉은 개미 떼가 주변으로 모여들었다. 그중에는 유난히 큰 머리와 긴 턱을 가진 군대개미부터 작은 날개가 달린 날개미까지 다양한 종류가 있었다. 그중에 가장 많은 건 처음 먹잇감들의 서식지를 발견한 붉은 개미였다. 턱의 집게로 돌과 흙을 퍼낸 붉은 개미는 안으로 들어갔다. 어두컴컴한 통로는 비스듬하게 아래로 뻗어 있었다. 노련한 붉은 개미는 함정이 있을지 모른다는 생각에 천천히 더듬이로 벽과 바닥을 확인하면서 내려갔다. 다행히 함정 같은 건 없어서 쭉 내려갈 수 있었다. 가다 보니 거대한 문 같은 것이 앞을 막았다. 더듬이로 살펴보자 딱딱한 질감이 느껴졌다. 쉽지 않겠다고 생각한 붉은 개미는 뒤따라 오는 동료들에게 도움을 요청했다. 그의 요청에 응한 다른 개미들이 문에 다닥다닥 달라붙어서 옆쪽을 파 들어갔다. 문이 아무리 두껍고 크다고 해도 결국은 공간 전체를 가리는 건 불가능했다. 결국 옆으로 파서 들어간 동료 개미가 구멍을 뚫는 데 성공했다. 양쪽에 거의 동시에 구멍이 뚫리면서 문은 힘없이 넘어졌다. 요란한 소리와 함께 짙은 어둠이 보였다. 하지만 붉은 개미는 어둠 속에서도 정확히 먹잇감을 찾을 수 있는 눈을 가지고 있었다. 생각보다 넓은 공간이 나오자 붉은 개미는 잠깐 당황했다. 거기다 먹잇감들이 뭔가를 던지거나 쏜 것들이 얼굴과 몸통에 부딪쳤다. 하지만 딱딱한 외골격은 먹잇감들의 무기를 잘 막아 주었다. 공격을 무릅쓰고 전진한 붉은 개미는 마침내 도망치려는 먹잇감을 턱의 집게로 잡는 데 성공했다. 공격을 받은 것에 살짝 짜증이 나 있던 붉은 개미는 발버둥 치는 먹잇감의 허리를 턱의 집게로 싹둑 잘라 버렸다. 두 동강이 난 먹잇감이 바닥에 떨어지자 그 옆에 있던 다른 먹잇감이 동료의 죽음을 보고 분노했는지 긴 막대기 같은 걸 붉은 개미에게 겨눴다. 막대기 끝에서 불꽃이 터지면서 붉은 개미는 얼굴에 큰 충격을 받았다. 가까스로 정신을 차릴 수 있었지만 턱의 한쪽 집게가 부서져 버렸다. 분노한 붉은 개미는 개미산을 쏘았다. 강력한 산성을 뒤집어쓴 먹잇감은 가지고 있던 막대기를 떨어뜨리고 고통스러워했다. 붉은 개미는 그 틈에 다가가서 남은 집게로 먹잇감을 푹 찔러 버렸다. 그리고 바닥에 내팽개치고 바로 다리로 짓밟아 버렸다. 발버둥을 치던 먹잇감은 곧 축 늘어졌다. 좀 더 안쪽으로 들어가자 먹잇감들이 장애물을 쌓고 버티는 중이었다. 그리고 불꽃이 나오는 막대기 같은 걸 걸쳐 놓고 쏘아 댔다. 붉은 개미의 동료 몇 마리가 머리와 몸통이 부서졌다. 주춤거리는 다른 개미들을 제치고 덩치 큰 군대개미들이 나섰다. 보통의 개미보다 서너 배 큰 군대개미는 껍질도 더 단단해서 먹잇감들이 쏘는 불꽃 같은 것들을 맞고도 잘 버텼다. 턱의 큰 집게로 먹잇감들이 쌓아 놓은 장애물들을 단숨에 허물어 버린 군대개미들은 큰 다리로 터벅터벅 넘어갔다. 주춤거리던 붉은 개미와 동료들도 뒤를 따랐다. 밀려난 먹잇감들은 저항을 포기하고 사방으로 흩어졌다. 하지만 먹잇감이 뿜어내는 페로몬이 개미들에게는 너무나 잘 느껴졌다. 결국 안에 있던 먹잇감들을 모두 죽이는 데 성공했다. 부상을 입은 붉은 개미는 특히 분노해서 더 많은 먹잇감들을 죽였다. 사냥이 끝나고 뒤쪽에 있던 일개미들이 몰려와 먹잇감들을 턱의 집게로 잘게 잘게 분해해서 하나씩 물고 밖으로 나갔다. 한쪽 집게를 잃은 붉은 개미는 여전히 고통을 느꼈다. 하지만 먹잇감의 은신처를 찾아낸 공로를 붉은 여왕에게 인정받을 수 있다고 생각하자 기분이 좋아졌다. 사냥을 하던 와중에 잘려진 다리를 물고 나가는 동료 개미들을 지켜보던 붉은 개미는 천천히 몸을 돌렸다. 그러다가 갑자기 멈췄다. 먹잇감이 더 남아 있을 것 같다는 느낌이 든 것이다. 더듬이를 움직이면서 이리저리 살펴봤지만 페로몬이 느껴지지 않았다. 물론, 희미하게는 맡을 수 있었지만 방향을 정확하게 가늠하는 건 어려웠다. 결국 붉은 개미는 먼저 떠난 동료들을 따라가기로 하고 몸을 돌렸다. 그러다가 은신처의 벽에 있는 이상한 흔적을 발견했다. 먹잇감들이 있는 은신처에서 종종 보던 것이었는데 자연적인 것은 아니었지만 무엇으로 해석할지는 도통 알 수가 없었다. 먹잇감들은 진짜 이상하다는 사실을 다시금 깨달은 붉은 개미는 서둘러 동료들을 따라서 밖으로 나갔다.

땅속 깊은 곳에 있는 지휘소에서 통신기를 조작하던 장교의 얼굴이 굳어졌다. 그리고 급히 일어나서 뒤쪽 상황판 앞에 서 있는 장군에게 다가갔다. 얼굴 한쪽에 녹아 버린 흔적이 있는 장군은 다가오는 장교를 바라봤다.

"장군님."

"무슨 일인가?"

장군의 물음에 장교가 머뭇거리다가 입을 열었다.

"47쉘터가 공격당했다고 합니다."

"언제?"

"1시간 전입니다. 중계기 고장으로 송신 받지 못하고 있다가 수리가 완료되면서 방금 확인했습니다."

침울한 표정의 장교를 착잡한 표정으로 바라본 장군이 입을 열었다.

"거기 자네 누이동생이 있었지?"

"네, 누이동생과 조카 둘이 있었습니다."

파랗게 질린 얼굴을 한 장교의 대답을 들은 장군은 위로의 뜻을 담아서 어깨를 토닥거려 주었다. 그리고 물었다.

"우리 지휘소 근무자 중 상당수가 그곳에 가족과 친척들이 있었을 거야. 생존자는?"

"현재까지는 없는 걸로 파악됩니다."

그때 헤드셋을 쓰고 있던 통신 담당 장교의 부하 병사가 앉은 자리에서 큰 소리로 외쳤다.

"수색팀에게서 보고가 들어왔습니다. 생존자가 한 명 있답니다."

보고를 받은 장군과 장교가 동시에 그 병사에게 다가갔다.

"누군데?"

"열여섯 살 정도 되는 여자아이입니다. 현재 충격을 받아서 말을 못 하고 있는 상황이라 일단 데리고 퇴출 중입니다."

보고를 받은 장군이 병사의 어깨에 손을 올렸다.

"안전한 곳으로 데리고 가서 진정시키고 진술을 들으라고 해. 어떻게 발각되었고, 공격을 받았는지 말이야."

"알겠습니다."

병사가 우렁찬 목소리로 대답하자 장군은 돌아서서 상황판 쪽으로 걸어갔다. 그리고 지도 위에 47이라고 적힌 마커를 집어서 아래에 있는 상자에 떨어뜨렸다. 상자 안에는 다른 숫자가 적힌 마커들이 수북하게 쌓여 있었다. 손등으로 눈을 비빈 장군이 괴로운 목소리로 말했다.

"47쉘터만큼은 안전할 줄 알았는데 말이야."

옆에서 지켜보던 부관이 조심스럽게 입을 열었다.

"개미들의 탐지 능력이 높아진 거 같습니다. 더 깊이 들어가는 수밖에는 없을 거 같습니다만."

"그게 근본적인 해결책이 될 수는 없지. 잠깐 쉬고 오겠네."

"알겠습니다. 장군님."

부관의 목소리를 뒤로 하고 지휘소를 나간 장군은 어두침침한 복도를 걸었다. 천정에 달아 놓은 전등들 중 상당수는 깨졌거나 불이 들어오지 않았다. 땅속 깊은 곳이라 물이 계속 스며들어서 바닥은 여기저기 물이 고여 있었다. 지나가는 군인들의 경례를 받은 장군은 복도 끝에서 오른쪽으로 꺾은 다음에 숙소를 지나 연구실이라는 팻말이 붙은 곳으로 들어갔다. 삐걱거리는 문소리가 요란하게 들렸지만 안에서는 아무런 반응이 없었다. 붉은 조명이 켜진 연구실 내부는 매캐한 약품 냄새가 가득했다. 지휘소가 있는 쉘터는 지하로 백 미터 가까이 아래에 있어서 공기가 항상 나빴고, 이상한 냄새까지 났다. 그중에서 연구소는 특히 더 숨쉬기가 어려워서 다들 들어오는 걸 꺼려했다. 안에 들어 있는 것들은 더욱 더 외부인의 발걸음을 닿지 않게 만들었다. 하지만 장군은 이곳에 오는 걸 꺼려하지 않았다. 오히려 더 마음이 편해졌다. 연구실 안쪽에서 인기척이 들리자 그곳으로 걸어간 장군은 특수한 약품 안에 들어가 있는 개미들을 바라봤다. 거대하게 커진 머리와 더듬이는 물론, 사람을 단숨에 썰어 버리거나 찔러서 죽일 수 있는 큰 집게도 선명하게 보였다. 그 옆에는 거의 사람 몸통만 한 개미들의 다리가 들어 있었다. 원래 크기였다면 보이지도 않았을 작은 가시 같은 것들이 이제는 사람이 찔리면 중상을 입을 정도로 커졌다. 제일 안쪽에는 박사가 조명 아래서 뭔가를 들여다보는 중이었다. 장군이 가볍게 헛기침을 하자 박사가 돌아서면서 손에 든 걸 보여 줬다.

"개미의 눈일세. 참 신기하게 생겼지?"

보석처럼 반짝거리는 개미의 눈을 들여다보는 박사는 한쪽 손이 없었다. 외팔이 박사를 물끄러미 바라보던 장군은 구석에 있는 등받이 없는 의자에 앉았다.

"47쉘터가 당했대."

잠깐 손을 멈췄던 박사는 개미의 눈을 용액이 든 비커 안에 넣었다.

"생존자가 없겠군."

"아니, 한 명 있다고 했어."

"누구?"

박사의 물음에 장군이 고개를 저었다.

"누군지는 몰라, 열여섯 살 정도 되는 여자아이라던데."

장군의 얘기를 들은 박사가 구석의 칠판으로 걸어갔다. 그리고 분필로 소녀 C라고 적었다. 그 위에는 소년 A와 B, 그리고 소녀 A, B가 적혀 있었다. 그 옆에는 나이가 적혀 있었는데 모두 15살과 16살이었다. 분필을 내려놓은 박사가 손을 탁탁 털면서 장군에게 말했다.

"15살에서 16살 사이의 청소년들 중에 극히 일부가 개미들의 학살에서 살아남았군."

"맞아. 다섯 명째야. 인간 페로몬을 탐지한 개미들에게 걸리면 살아남기가 힘든데 이들은 용케 피해 갔어."

"이 아이들이 가지고 있는 유전자가 페로몬을 억제하는 거 같아.

이유를 알면 좋겠지만 현재로서는 그걸 연구할 역량은 없으니까, 아니 방법이 없다고 봐야겠지."

"이제 한반도에 남은 쉘터는 20개도 되지 않아. 남은 인간은 만 명 정도겠군."

"수많은 동물들을 멸종시키더니 이제는 인간이 멸종될 차례군."

박사가 누런 이를 드러내며 낮은 목소리로 웃었다. 장군은 박사의 웃음소리가 사라질 때까지 기다렸다가 입을 열었다.

"거대한 개미가 나타났을 때 자넨 뭐 하고 있었지?"

"자고 있었지. 전날 대학 강사 자리에서 잘리고 열 받아서 새벽까지 마셨거든. 자네는?"

"전역 지원서를 쓰고 있었어."

"하마터면 자네 같은 유능한 군인을 놓칠 뻔했군."

박사의 얘기에 아무 대답도 하지 않은 장군은 그날의 일을 떠올리며 중얼거렸다.

"30년 전인가?"

그의 중얼거림을 들은 박사가 하나밖에 없는 손의 손가락을 까닥거렸다.

"아니, 32년 전이야. 마치 어제처럼 생생한 기억을 가지고 있지만 말이야."

박사의 얘기를 들은 장군이 한숨을 푹 내쉬면서 대답했다.

"안 그런 사람들이 어디 있겠어."

수없이 많이 오고 간 대화라서 질문과 대답이 거의 비슷했지만 늘 비참한 기분으로 마무리되었다.

32년 전 평범한 어느 가을날, 개미가 땅속을 뚫고 올라왔다. 다른 때였다면 대부분의 사람들은 기미조차 느끼지 못했을 것이다. 개미가 지상으로 올라온 것이 사람들의 일상에 영향을 끼칠 일은 없었기 때문이다. 하지만 그때는 달랐다. 지상으로 올라온 개미는 온몸이 핏빛으로 물든 붉은 개미였는데 길이가 무려 2.5미터에 달했다. 거대해진 개미는 닥치는 대로 사람들을 공격했다. 턱에 달린 거대한 집게로 사람을 토막 내거나 입에서 개미산을 뿜어내서 강한 산성용액으로 사람들을 녹여 버렸다. 놀란 사람들은 이리저리 도망쳤고, 군대와 경찰이 출동했다. 하지만 그들이 가진 총은 개미의 단단한 외골격을 뚫지 못했다. 대포나 미사일 정도가 되어야 거대해진 붉은 개미들을 없앨 수 있었다. 하지만 개미는 번식력이 엄청났기 때문에 아무리 죽여도 끝이 나지 않았다. 결국 인간들은 패배하고 개미들을 피해 도망쳐야만 했다. 지상에서는 인간의 페로몬이 쉽게 퍼져서 숨을 곳이 없었고, 물속이나 땅속으로 숨는 수밖에는 없었다. 그렇게 숨어 사는 인간들은 붉은 개미들에게 사냥당하는 신세가 되었다. 오랜 전쟁과 더 오랜 도피 생활을 떠올리던 장군은 쓴웃음을 지었다.

"길어 봤자 10년일 거야."

"뭐가?"

박사의 물음에 장군이 쓴웃음을 지었다.

"우리가 소멸할 시간."

"너무 낙관적이군. 나는 5년 정도라고 보는데 말이야."

"그 개미들이 어떻게 만들어졌는지 정말 궁금해."

거대한 붉은 개미들이 처음 나타났을 때 많은 추측들이 있었다. 미국에서 곤충을 대상으로 하는 비밀 실험 중에 개미가 거대해졌다는 얘기부터, 외계인들이 지구를 정복하기 위해 전투력이 강하고 잔혹한 성격을 가진 개미들을 거대하게 만들었다는 황당한 얘기들이 무수히 많이 퍼졌다가 사라졌다. 확실한 건 거대해진 개미들은 인간의 천적이라는 점이었다. 장군의 물음에 박사는 어깨를 으쓱거렸다.

"지금은 뭐 그게 중요한 게 아니지. 그나저나 여긴 왜 온 거야?"

"오늘 보고를 받으니까 자네 얘기가 사실인 것 같다는 생각이 들어서 말이야."

"알아줘서 고맙군 그래."

"그래서 시작하려고."

"뭘?"

"붉은 여왕을 사냥하는 거."

"잘 되겠어?"

박사의 물음에 장군이 단호한 표정을 지으며 의자에서 일어났다.

"이제 선택의 여지가 없잖아."

"그렇긴 하지. 그런데."

잠깐 생각하던 박사가 장군에게 물었다.

"내 이론이 백 퍼센트 맞는다는 보장이 없어. 그냥 우연의 일치일 가능성도 배제할 수 없다고."

"알아. 하지만 다섯 명째잖아. 그러니까 한번 기대를 걸어 봐야지."

이틀 뒤, 지휘소가 있는 22쉘터로 한 무리의 인간들이 들어왔다. 그들은 47쉘터의 유일한 생존자인 10대 중반의 소녀를 담요에 꽁꽁 싸서 장군이 기다리고 있는 회의실로 데리고 들어왔다. 곱슬머리에 창백한 피부의 소녀는 아직도 충격에서 벗어나지 못한 듯 멍한 표정으로 서 있었다. 그걸 본 장군이 모두 나가라고 하고는 단둘이 남았다. 그리고 무덤덤하게 말했다.

"너는 소녀 C라고 불릴 거다. 이전에 불렸던 이름은 잊어라."

소녀 C는 고개를 들어서 장군을 바라보고 멍한 표정만 지었던 얼굴을 찡그렸다. 장군이 씩 웃었다.

"녹아 버린 얼굴 반쪽은 개미산 때문이야. 고개를 돌리는 바람에 그나마 얼굴 반쪽이 남았다. 그때 나를 도와주다가 개미산에 한쪽 팔이 녹은 바보가 있단다."

소녀 C가 궁금하다는 표정을 짓자 장군이 대답했다.

"곧 만날 거다. 가족과 친구를 잃고 큰 충격을 받았다는 거 잘 알고 있다. 나도 아내와 자식, 그리고 부모를 모두 개미들에게 잃었으니까. 한때는 나도 스스로 목숨을 끊어서 가족들 곁으로 가려고 했단다. 하지만 해야 할 일이 있어서 살아남았지. 바로 개미들을 없애고 인간들을 다시 땅 위로 올려 보내는 것이다."

소녀 C는 이틀 만에 처음으로 입을 열었다.

"그게 가능해요?"

한쪽 무릎을 꿇고 소녀 C와 눈을 맞춘 장군이 말했다.

"적어도 시도는 해 볼 수 있단다. 네가 도와주면 말이다."

장군의 눈을 바라보던 소녀 C가 대답했다.

"제가 어떻게 도와드리면 되죠?"

장군은 소녀 C를 박사의 연구실로 데리고 들어갔다. C라는 글씨가 크게 적힌 하얀 셔츠를 입은 소녀 C는 손으로 코를 가렸다. 안에는 박사와 두 명의 소년, 그리고 두 명의 소녀가 있었다. 박사가 성한 팔로 빈자리에 앉으라고 하자 소녀 C는 장군을 바라봤다. 장군이 대답했다.

"저 사람이 나를 도와주다가 팔을 잃은 바보야."

소녀 C가 처음으로 웃음을 지었다. 바보라는 정체가 들킨 박사가 가볍게 웃었다.

"내가 도와준 건 네 옆에 있는 멍청이가 어린아이를 구한답시고 붉은 개미 앞으로 뛰쳐나갔기 때문이란다."

서로를 바보와 멍청이라고 부르는 둘의 얘기 덕분에 어둡고 무거웠던 분위기는 누그러졌다. 박사가 지직거리는 소리를 내는 대형 모니터를 한 대 쳤다. 그러자 붉은 개미 떼가 도로를 질주하면서 사람들을 공격하는 화면이 나왔다. 고정된 CCTV가 찍은 영상이었는데 끝도 없이 밀려드는 거대한 개미 떼에 우왕좌왕하던 사람들이 몰살당했다. 하필이면 도로 양쪽에 소음방지벽이 높이 설치되어 있어서 빠져나갈 곳이 없었던 것이다. 그나마 몇 명이 기어 올라가려고 했지만 날개가 있는 개미들이 덮치면서 실패로 돌아갔다. 개미 떼들이 사라지고 남은 것은 유리창이 깨지고 찌그러진 자동차와 곳곳에 널브러진 시신들이었다. 아이들은 알지 못했던 예전의 모습을 흥미롭게 바라보면서도 죽어 가는 사람들을 보면서 입을 다물지 못했다. 영상 앞에 선 박사가 아이들을 바라봤다.

"32년 전에 알 수 없는 이유로 거대해진 개미들이 인간들을 공격했단다. 그리고 몇 년 동안 인간들은 수단 방법을 가리지 않고 개미들과 싸웠지만 결국 밀려나고 말았지. 그래서 모두 땅속으로 숨어서 지금까지 살아오고 있단다. 하지만 이렇게 버틸 날도 얼마 남지 않았어. 인간이 숨어 있는 쉘터들이 속속 발각되고 있으니까 말이야. 나는 오래전부터 거대해진 붉은 개미들의 습성과 생태에 대해서 연구하고 있다."

화면이 바뀌면서 해부되고 있는 거대한 개미의 모습이 보였다.

"개미는 단단한 외골격과 엄청나게 날카로운 턱의 집게들, 그리고 개미산이라고 부르는 산성용액들을 무기로 가지고 있지. 엄청난 번식력을 자랑하고 있고, 목표가 정해지면 수단 방법을 가리지 않고 공격을 해. 자신들이 겪는 피해 따위는 생각하지 않아. 보통의 붉은 개미들이 있고, 거대한 군대개미, 그리고 작은 체구의 일개미들이 각기 분담해서 일을 하고 있어. 그리고 그 정점에는 여왕개미가 있지. 우리는 보통 붉은 여왕이라고 부른단다."

소년과 소녀들이 붉은 여왕이라는 말을 되뇌이자 박사가 설명을 덧붙여 줬다.

"원래는 루이스 캐럴의 소설 『이상한 나라의 앨리스』의 속편인 『거울 나라의 앨리스』에 나오는 인물이지. 붉은 여왕이 있는 거울 나라는 한 사물이 움직이면 다른 사물도 그만큼의 속도로 따라 움직이는 특이한 나라였어. 그래서 다른 사람보다 뛰어나기 위해서는 그 이상을 달려야 겨우 앞지를 수 있단다. 이 내용을 바탕으로 시카고 대학의 진화학자 리 밴 베일른이 생태계의 발전을 묘사하기 위해 '붉은 여왕 효과'라는 용어를 사용했지. 그의 주장에 의하면 지금까지 지구상에 존재했던 생명체 가운데 적게는 90%, 많게는 99%가 소멸했다고 한다. 적자생존의 자연환경 하에서 다른 생명체에 비해 상대적으로 진화가 더딘 생명체가 결국 멸종한다는 뜻이란다. 지금 우리가 바로 그 멸종 직전의 생명체에 해당되지."

설명을 끝낸 박사가 리모컨을 눌러서 다시 화면을 바꿨다. 화면이 바뀌고 폐허가 된 도시가 보였다.

"그런데 흥미로운 사실을 알게 되었어. 여기가 통일 대한민국의 수도였던 서울이라는 도시야. 이 도시 남쪽, 그러니까 당시 사람들이 강남이라고 부르는 지역에 201층 높이의 글로벌 타워라는 빌딩이 있어."

화면이 서서히 높은 고층 빌딩을 비췄다. 다른 빌딩들보다 훨씬 높아서 금방 눈에 띄었다. 영상이 가까이 다가가자 깨진 유리창과 폐허가 된 내부가 언뜻 보였다. 그리고 엄청나게 많은 개미들이 안에 있는 게 보였다. 개미들이 줄지어서 계단을 올라가는 모습을 따라가던 영상은 제일 꼭대기 층에 있던 거대한 둥지 같은 걸 확대해서 비춰 줬다. 그 안에 있는 붉은 개미가 언뜻 보였는데 영상은 그것으로 끝이 났다. 멈춰 버린 화면 앞에 선 박사가 말했다.

"무인기가 찍은 영상은 여기까지란다. 하지만 이곳에 붉은 여왕이 살고 있다는 걸 확인했지. 정확하게는 꼭대기의 옥상 정원 아래 펜트하우스 공간에 있는 것으로 보인다."

박사가 다시 화면을 바꿨다. 글로벌 타워의 내부 투시도였는데 옥상과 그 아래 공원, 그리고 펜트하우스가 차례대로 비춰졌다.

"옥상의 비상구를 이용해서 정원으로 내려간 다음에 펜트하우스로 진입하면 된다. 그곳에 한반도를 통치하는 붉은 여왕이 있을 것으로 보인다."

"한반도요?"

B라고 적힌 옷을 입은 짧은 머리의 남자아이가 묻자 박사는 리모컨으로 다시 화면을 바꿨다. 세계지도가 보이고 붉은 선들이 여기저기 그어졌다.

"붉은 개미들을 지휘하는 여왕개미들을 붉은 여왕이라고 부르지. 붉은 여왕들은 현재 전 세계 곳곳에 퍼져서 자신들의 영역을 통제하고 있어. 그런데 몇 년 전에 유럽의 키프로스라는 섬에서 인간들이 붉은 여왕을 죽이는 데 성공한 적이 있었지. 그런데 붉은 여왕이 죽자마자 붉은 개미들이 사라지기 시작했다고 한다. 정확하게는 여왕개미가 새로운 개미들을 생산하지 못하면서 기존의 개미들이 죽는 걸 대체하지 못했던 거지. 보통 개미들의 수명은 6개월에서 1년이니까, 그래서 현재 키프로스에는 붉은 개미들이 모두 사라졌단다."

박사의 설명을 들은 소녀 A가 손을 들었다.

"그럼 저 빌딩에 있는 여왕개미를 죽이면 우리 땅에서도 개미들이 없어지는 건가요?"

"그럴 가능성이 높아. 그리고 한 지역을 통치하던 붉은 여왕 역시 수명이 있어서 다음 여왕개미를 낳아서 물려주는 건 확인했지. 하지만 갑작스럽게 죽을 경우 단절되는 건 확실해. 그리고 다른 지역의 붉은 여왕과 붉은 개미들이 넘어와서 그 지역을 차지하는 것 같지는 않더구나. 설사 다른 지역의 붉은 개미들이 온다고 해도 붉은 여왕이 있을 때처럼 엄청난 숫자의 붉은 개미들을 상대하지 않아도 돼."

확신에 찬 목소리로 말한 박사가 화면을 끄고 아이들을 바라봤다.

"물론 붉은 여왕을 죽이는 건 쉽지 않은 일이란다. 이전에 인간들이 비교적 세력을 유지했을 때에도 접근조차 못 했으니까, 지금은 더 말할 나위가 없어. 그런데 너희들은 접근할 수 있어."

"우리가요?"

듣고 있던 소녀 C의 물음에 박사가 고개를 끄덕거렸다.

"개미들은 인간들의 몸에서 나는 페로몬을 감지하는 능력이 있단다. 그래서 땅속에 숨은 우리들을 찾아내는 거지. 그런데 너희들은 그 와중에 살아남았어. 정확하게는 붉은 개미들이 너희들의 존재를 알아차리지 못한 거지. 왜 그랬는지 정확하게는 알 수 없단다. 확실한 건, 너희들이 저기 글로벌 타워에 접근할 수 있는 인간들이라는 것이지."

아이들이 술렁거리는 걸 본 박사가 장군을 바라봤다. 앞으로 걸어 나온 장군이 말했다.

"물론 쉬운 임무는 아니다. 뭔가 과학적으로 설명되는 건 아니기 때문에 너희들이 붉은 개미들의 공격을 피할 수 있다는 건 백 퍼센트 확정된 건 아니란다. 하지만 그나마 희망을 걸어 볼 수 있는 건 너희들뿐인 것도 사실이야."

침묵이 이어지는 가운데 소녀 B가 물었다.

"어떻게 붉은 여왕을 없앨 수 있는 거죠? 그냥 개미도 해치우기 어려운데요."

"맞아. 붉은 여왕은 보통의 개미보다 최소한 다섯 배는 크지. 거기다 날개까지 있어서 여차하면 둥지를 벗어나서 다른 곳으로 날아가는 것도 가능해. 그래서 박사가 개발한 특수한 무기를 사용할 생각이야."

박사가 테이블 아래 있는 길고 둥근 원통을 꺼내서 보여 줬다.

"강력한 화염을 만들어 내는 폭탄이란다. 이 정도면 붉은 여왕을 그대로 불태워 버릴 수 있어. 제대로만 맞춘다면 말이야. 작동 방식은 간단하단다. 여기 통 위쪽에 있는 버튼을 누르면 5초 후에 터진다. 화염이 퍼지는 범위는 15미터에서 20미터니까 버튼을 누르고 나서 반드시 그 정도 범위 밖으로 나가야 해."

"우리가 할 수 있을까요?"

소년 A의 물음에 장군이 팔짱을 끼었다.

"성공할 가능성이라면 1퍼센트 미만일 거야. 하지만 지금은 그런 걸 따질 수 있는 상황은 아니란다. 우리는 멸종을 향해 달려가고 있으니까."

팔짱을 푼 장군이 말했다.

"물론 강제로 시킬 생각은 없단다. 안 간다고 해도 등을 떠밀 생각은 없어. 하지만 너희들이 붉은 여왕에게 가장 가까이 접근할 수 있는 인간들이라고 생각한다. 인간은 희망이 있으면 버틸 수 있지만 그게 사라지면 얼마나 버틸 수 있을까? 한 번도 공개된 적은 없지만 생각보다 많은 사람들이 스스로 목숨을 끊고 있단다. 심지어 붉은 개미의 습격에 쉘터가 모두 부서진 상황에서 살아남았는데도 죽음을 선택하지. 필사적으로 살아남았지만 앞으로 더 살아갈 희망이 보이지 않으니까 극단적인 선택을 했을 거다. 내가 아는 동료들 중에서 그런 사람들이 있단다."

장군의 얘기를 듣고 가장 먼저 손을 든 것은 소녀 C였다.

"보내기만 해 주세요."

지켜보던 소녀 B와 소년 A도 나란히 가겠다고 얘기했다. 마지막으로 주저하던 소년 B가 가겠다고 하자 소녀 A는 미안하다며 울음을 터트렸다. 조용히 지켜보던 장군이 말했다.

"출발은 내일 저녁이다. 그동안 푹 쉬고 내일 오전에 장비를 사용하는 훈련을 할 거야."

다음 날 오전에 숙소에서 쉬고 있던 소녀 C는 장군을 따라 연구실로 향했다. 소녀 A를 제외하고 나머지 두 명의 소년과 한 명의 소녀가 먼저 와 있었다. 박사가 어제 보여 줬던 길다란 둥근 깡통 같은 걸 보여 줬다.

"이게 너희들의 무기다. 어제 얘기한 것처럼 위쪽에 있는 버튼을 누르고 던지면 된단다. 한 사람당 세 개씩이다. 그리고 한 개 더."

박사가 테이블 위에 있는 금속 케이스를 열고 안에서 머리에 쓰는 야시경을 보여 줬다.

"그나마 안전하게 접근할 가능성이 있는 게 야간이란다."

"개미들은 밤에도 잘 보던데요?"

소년 B의 반문에 박사가 고개를 저으며 비커 안에 든 거대한 개미의 눈을 쳐다봤다.

"눈으로 보는 게 아니라 페로몬으로 확인하는 거야. 개미는 거대해지면서 눈은 오히려 퇴화해 버렸거든."

"그걸 사용하면 밤에도 잘 볼 수 있나요?"

소년 B의 이어진 질문에 박사가 직접 야시경을 씌워 주고 연구실의 불을 껐다.

"오른쪽에 있는 버튼을 눌러 봐라."

박사가 시키는 대로 버튼을 누른 소년 B가 소리쳤다.

"우와! 잘 보여요."

"거대한 개미들이 밤중에 보지 못한다는 것을 가정해서 이걸 쓰고 들어갈 거야."

"거기까지는 어떻게 가죠?"

"그 부분은 지하 활주로에서 장군님이 소개할 거다."

"거긴 어딘데요?"

뒤쪽에 서 있던 장군이 말했다.

"따라와라."

아이들은 장비를 챙겨서 장군을 따라갔다. 좁고 긴 통로를 따라 갔다가 중간중간 설치된 철문을 열고 올라갔다. 마지막 문을 열고 나가자 넓은 공간이 나왔다. 장군이 스위치를 올리자 전등이 하나씩 켜지면서 넓은 공간이 드러났다. 소년 C가 바닥을 내려다봤다. 아스팔트로 포장된 길에, 노란색 실선이 쭉 이어졌다. 장군이 소년과 소녀들에게 말했다.

"예전에 북한공군이 사용하던 지하 활주로였단다. 너희들이 타고 갈 게 저기 있다."

장군이 가리킨 구석에는 네 개의 날개가 달린 비행기가 놓여 있었다. 소년과 소녀들이 바라보자 장군이 말했다.

"오니숍터라고 부르는 비행체란다. 날개가 움직여서 비행하는 방식이라 곤충처럼 보일 것으로 기대하고 있지."

"저걸 타고 가는 건가요?"

소년 B의 물음에 장군이 고개를 끄덕거렸다.

"자동 항법 장치에 글로벌 타워 옥상의 헬리포트에 착륙할 수 있도록 세팅해 놨단다. 미끼로 쓸 무인기들과 함께 갈 거야."

"돌아올 때는요?"

연이은 소년 A의 질문에 장군이 말했다.

"귀환용 루트도 세팅해 놨다. 조종석 쪽에 있는 녹색버튼을 누르면 오니숍터가 다시 출발해서 이곳으로 돌아온다. 연료는 충분하니까 염려 마라."

소년 A가 고개를 끄덕이자 장군이 말했다.

"어떻게 보면 작전은 간단하다. 글로벌 타워 꼭대기에 오니숍터가 착륙하면 내려서 바로 꼭대기의 펜트하우스에 있는 붉은 여왕에게 폭탄을 던지고 올라와서 다시 오니숍터를 타고 돌아오면 된단다."

"언제 출발해요?"

소녀 B의 물음에 장군이 대답했다.

"오늘 저녁, 자정이 지난 시간에 도착할 수 있도록 맞춰서 출발할 거야. 다들 무사히 돌아오길 바란다."

숙소로 돌아온 소녀 C는 조용히 잠을 청했다. 태어나고 자란 47쉘터가 붉은 개미들에게 쑥대밭이 되고 나서 한 번도 편안하게 자거나 먹은 적이 없었다. 감정이 사라져 버린 느낌이라서 뭘 해도 기쁘거나 슬프거나 혹은 화가 나지 않았다. 멍하게 앉아 있다가 누워서 시간을 보내던 소녀 C는 문을 두드리는 소리에 일어났다. 문을 열자 총을 든 군인들이 보였다. 소녀 C는 말없이 그들을 따라 아까 갔던 지하 활주로로 올라갔다 거기에는 박사와 장군, 그리고 소년과 소녀들이 보였다. 그런데 소년 A가 보이지 않고, 소녀 A가 온 게 보였다. 그녀가 다가가자 장군이 장난스럽게 말했다.

"A가 가고 A가 왔네."

소녀 C가 올려다보자 장군이 덧붙였다.

"소년 A가 겁이 난다면서 방에서 나오질 않았다. 소녀 A는 진정이 되었는지 합류하게 되었다."

박사가 네 명의 소년과 소녀들에게 장비들을 건넸다. 길다란 깡통이 든 배낭을 매어 주고 머리에는 야시경과 연결된 헬멧을 씌워 줬다. 박사가 소녀 C에게 배낭을 건네주면서 말했다.

"안에 비상식량과 물이 조금 들어 있다."

"개미들에게 붙잡혔을 때 자폭하는 건 없나요?"

소녀 C의 물음에 장군이 서글픈 표정을 지었다.

"폭탄을 왜 세 개나 주었겠니?"

소녀 C는 고개를 끄덕거리며 배낭을 매고 오니숍터에 탔다. 앞쪽의 조종석은 비어 있었는데 컴퓨터 단말기 같은 게 꽁꽁 묶여 있었다. 함께 탄 장군이 단말기 옆에 있는 스위치를 올렸다. 그러자 붉은색 불이 켜졌다. 장군이 고개를 돌려서 소년과 소녀들을 바라봤다.

"잘 들어. 여기에 스위치가 하나 더 있어. 이걸 올리면 녹색불이 들어오고 오니숍터는 다시 여기로 돌아온다. 반드시 모두 다 돌아오길 바란다. 붉은 여왕도 해치우고."

장군의 말에 옹기종기 모여 있던 아이들이 고개를 끄덕거렸다. 소녀 C가 물었다.

"만약 이게 부서지면 우리는 여기로 못 돌아오는 건가요?"

"그때는 내가 직접 너희들을 구출하러 가마."

장군은 단호하게 말한 후 오니숍터에서 내리면서 손을 흔들어

쳤다.

"행운을 빈다. 네 시간 정도 걸리니까 한숨 푹 자 둬라."

오니숍터의 문이 닫히고 무전기 소리 같은 게 들렸다. 네 개의 날개가 빠르게 움직이면서 오니숍터는 가볍게 떴다. 그리고 앞쪽으로 날아가는데 마치 거인이 눈을 뜨는 것처럼 활주로 문이 천천히 열렸다. 오니숍터는 열린 틈을 통해 밖으로 나왔다. 두 대의 무인기가 뒤따라서 빠져나온 후에 거인의 눈은 천천히 닫혔다. 오니숍터의 날갯짓 소리와 기체의 진동이 낯설었지만 곧 적응되었다. 옹기종기 모여 있던 소년과 소녀들은 긴장감이 풀렸는지 창밖을 바라봤다. 특히, 소년 B가 호기심 어린 눈길로 바깥을 살펴보더니 다른 아이들에게 말했다.

"저기 봐 봐, 구름이 아래에 있어. 나는 항상 올려다봤는데."

소녀 B가 따라서 바깥을 바라봤다. 소녀 C는 배낭을 벗어서 바닥에 내려놓고 뒤쪽 벽에 기댔다. 그리고 옆에 앉은 소녀 A를 쳐다봤다. 주근깨가 덮힌 얼굴은 무표정해 보였지만 살짝 두려움에 젖어 있는 눈동자는 쉴 새 없이 움직였다.

"왜 안 간다고 했다가 다시 마음이 바뀐 거야?"

소녀 A는 잠깐 생각하다가 입을 열었다.

"가나 안 가나 비슷할 거 같아서."

"위험할 수 있잖아."

소녀 C의 물음에 그녀는 눈을 감으며 대답했다.

"어차피 개미들이 득실거리는 이상 인간들에게 안전한 곳은 없어. 내가 있던 곳이 어딘지 알아?"

소녀 C가 고개를 젓자 소녀 A가 대답했다.

"금강산이었어. 구름이 내려다보이는 곳. 부모님들이랑 쉘터 사람들은 개미가 이곳까지 올라오지 못할 거라고 했어. 엄청 추웠고, 절벽이라서 개미들이 올라오기 힘들었거든. 그런데."

소녀 A가 서글픈 표정으로 말을 이어갔다.

"그런데 개미들이 절벽을 기어 올라왔어. 나중에 보니까 서로 밟고 올라서서 거대한 줄을 만들어 버린 거야. 그날 밤에 쉘터 사람들은 죽었어. 나는 바위틈에 숨어서 겨우 살았고."

담담하게 얘기한 소녀 A가 말을 이어 갔다.

"처음에 붉은 여왕이 있는 곳으로 가야 한다는 얘기를 듣고 엄청 겁이 나서 못 간다고 했어. 그런데 생각해 보니까 이제 내가 어디로 가겠어. 아는 사람 없는 여기에서 외로운 건 죽는 것보다 싫어. 그래서 그럴 거면 차라리 가는 게 좋겠다고 생각했어."

생각이 바뀐 과정과 이유를 담담하게 얘기한 소녀 A는 더 이상 말하기 싫다는 듯 눈을 감았다. 소녀 C는 그 옆에 기대선 채 앞을 바라봤다. 바깥을 보면서 얘기를 주고받던 소년 B와 소녀 B 역시 바닥에 주저앉았다. 그리고 배낭에서 주섬주섬 비상식량인 에너지 바와 물을 꺼내서 먹었다. 소녀 C는 오니숍터의 날갯짓 소리를 들으며 잠을 청했다. 졸리지는 않았지만 잠시 후에 붉은 여왕을 만난다는 생각을 잊기 위해서는 잠을 자는 것밖에는 할 수 있는 게 없었다. 다행스럽게도 이번에는 잠이 잘 왔다.

잠이 들어 있던 소녀 C를 깨운 것은 소녀 A였다. 그녀를 흔든 소녀 A가 말했다.

"눈 떠, 거의 다 온 거 같아."

눈을 뜬 소녀 C는 소년 B와 소녀 B가 앞이 보이는 조종석 쪽에 있는 것을 봤다. 주변은 아까보다 더 어두웠는데 두 아이는 장군이 준 야시경을 쓰고 앞쪽을 보는 중이었다. 인기척을 느낀 소년 B가 돌아보더니 입을 열었다.

"저기 글로벌 타워가 보여. 와 봐."

소녀 C가 다가가자 소년 B는 쓰고 있던 야시경을 벗어서 건넸다. 소녀 C가 야시경을 쓰자 녹색으로 된 세상에 글로벌 타워가 보였다. 주변보다 압도적으로 높은 타워 주변으로 뭔가 희미한 것이 날아다녔다. 소년 B가 말했다.

"날개미 같아. 타워의 붉은 여왕을 지키는."

"쟤들이 우리를 막지 않을까?"

"양쪽에 날고 있는 무인기들이 날개미를 유인하든지 막을 거 같아."

자신 있게 말하는 소년 B의 목소리를 들으면서 소녀 C는 야시경을 벗어서 건네줬다. 그리고 원래 있던 자리로 돌아와서 앉았다. 조용히 날고 있던 오니숍터는 서서히 속도를 늦추더니 고도를 낮췄다. 조종석에 있는 계기판들이 계속 반짝거리고 숫자들이 바뀌었지만 소녀 C는 그저 바라볼 뿐이었다. 잠시 후, 호기심을 못 참고 다시 창밖을 바라봤다. 어둠 속이지만 글로벌 타워가 선명하게 보였다. 조종석에서 앞쪽을 바라보고 있던 소년 B가 말했다.

"금방 착륙할 거 같아. 준비하자."

다들 배낭을 매고 야시경을 꺼내서 머리에 썼다. 잠시 후, 양쪽에서 날던 무인기가 속도를 내서 앞으로 날아갔다. 그 주변으로 날개미가 모여들었다. 그 틈에 오니숍터는 글로벌 타워의 옥상에 조용히 착륙했다. 소년 B가 문 앞에 서서 말했다.

"내가 먼저 내려갈 테니까…."

그 말이 채 끝나기가 무섭게 큰 충격이 오니숍터를 덮쳤다.

"으악!"

아이들은 한꺼번에 옆으로 굴렀다. 옆으로 기울어졌던 오니숍터는 겨우 균형을 찾았지만 아이들은 여전히 정신을 차리지 못했다. 소녀 C가 겨우 일어나서 문으로 기어갔다. 간신히 문을 열자 어둑한 주변이 보였다. 기어서 오니숍터를 빠져나온 소녀 C는 뒤쪽을 돌아봤다. 충격 때문인지 오니숍터 안에서는 연기가 피어나는 중이었다. 소녀 C가 소리쳤다.

"얼른 빠져나와!"

안에서 소녀 B와 소년 B가 기어 나왔다. 콜록거리는 그들에게 소녀 C가 물었다.

"소녀 A는?"

둘이 콜록거리며 아무 대답도 하지 못하자 소녀 C는 오니숍터 안으로 들어갔다. 연기가 자욱한데 이제는 조종석 쪽에서 불까지 났다. 연기와 화염을 뚫고 안으로 기어 들어간 소녀 C가 외쳤다.

"어딨어? 괜찮아?"

안쪽에서 콜록거리는 기침소리가 들려오자 소녀 C는 그쪽으로 기어갔다. 구석에 쓰러져 있던 소녀 A의 팔이 손에 닿자 그녀는 질질 끌면서 밖으로 나가려고 했다. 하지만 소녀 A는 충격으로 정신을 잃었는지 축 늘어져서 꼼짝도 하지 않았다. 불길이 점점 거세지고 연기도 짙어지는 와중이라 다급해진 소녀 C가 소리쳤다.

"정신 차려! 밖으로 나가지 않으면 위험해."

소녀 A는 힘들다며 자기를 놓고 가라고 말했다. 하지만 차마 그럴 수 없었던 소녀 C는 필사적으로 끌어서 겨우 밖으로 탈출했다. 둘이 벗어나자마자 오니숍터 전체가 불길이 휩싸였다. 엄청나게 피어오르는 연기가 어둠 속으로 빨려 들어가듯 사라져 버렸다. 겨우 한숨 돌린 소녀 C는 축 늘어진 소녀 A에게 말했다.

"이제 됐어."

소녀 A는 끙끙거리면서 일어나서는 주변을 돌아봤다.

"다른 애들은?"

그때서야 먼저 내린 소년 B와 소녀 B가 없다는 사실을 깨달았다.

하지만 그들을 찾을 틈이 없었다. 주변에 붕붕거리며 날개미들이 날아다녔기 때문이다. 주변을 두리번거리던 소녀 A가 앞쪽을 보며 외쳤다.

"저기 비상구 같은 게 있어."

소녀 C는 소녀 A를 부축해서 그곳으로 달렸다. 부서진 문의 흔적 너머로 아래로 내려가는 계단이 보였다. 그곳으로 들어선 둘은 숨을 헐떡거리며 주저앉았다. 날개미들은 그들을 보지 못했는지 더 이상 쫓지 않았다. 한숨 돌린 소녀 C는 계단 아래쪽을 바라봤다. 깊은 호수처럼 어둠이 고여 있는 게 보였다. 소녀 A가 배낭에서 주섬주섬 야시경을 꺼냈다. 소녀 C도 따라서 야시경을 꺼내서 머리에 쓰고 오른쪽에 있는 버튼을 눌렀다. 그러자 녹색으로 된 세상이 보였다. 맨눈으로 볼 때보다는 못하지만 계단과 계단참들이 뚜렷하게 보였다. 소녀 C가 야시경을 쓴 채 돌아보다가 소녀 A의 야시경과 살짝 부딪쳤다. 약간 놀라며 소녀 C가 물었다.

"어떡하지?"

"어떡하긴."

이번에는 소녀 A가 쳐다보다가 소녀 C의 야시경과 부딪쳤다. 뒤로 살짝 물러난 소녀 A가 말했다.

"붉은 여왕을 사냥하러 가야지."

뜻밖의 대답에 놀란 소녀 C가 멍하게 서 있는 사이 소녀 A는 계단 아래로 내려갔다. 정신을 차린 소녀 C가 뒤따라가다가 계단참을 돌아서는 순간 깜짝 놀라고 말았다. 계단 아래 문 앞에 붉은 개미 한 마리가 엎드려 있는 게 보였다. 놀란 소녀 C는 앞에 있는 소녀 A의 어깨를 잡았다. 하지만 소녀 A는 태연하게 아래로 걸어갔다. 그러고는 바닥에서 부서진 돌조각을 하나 집어서 계단 아래로 던졌다. 돌조각이 어둠 속에서 메마른 소리를 내자 문 앞에 있던 붉은 개미는 벌떡 일어나더니 계단 아래쪽으로 내려갔다. 소녀 A는 그 틈을 타서 문을 열고 안으로 들어갔다. 소녀 C도 뒤따라 가려다가 이상한 분위기를 느끼고는 아래쪽을 바라봤다. 그리고 계단참에서 자신을 응시하는 붉은 개미와 마주쳤다.

"으악!"

놀란 소녀 C는 서둘러 문을 닫았다. 닫힌 문과 부딪친 개미가 내는 괴음이 들려왔다. 소녀 C는 뒷걸음질을 치면서 한숨을 쉬었다. 야시경을 쓴 소녀 A는 주변을 돌아보면서 말했다.

"여기가 옥상 정원이라고 부르는 곳이었나 봐."

소녀 A의 말대로 층고가 높은 내부 공간은 식물들이 있던 흔적들로 가득했다. 칡넝쿨 같은 것들이 기둥들을 휘감고 있었고, 말라죽은 꽃들의 흔적들이 남아 있었다. 다행히 개미들이 없어서 둘은 조심스럽게 붉은 여왕이 있다는 펜트하우스로 내려갈 입구를 바로 찾았다. 그러다가 커다란 기둥 옆으로 돌아간 둘은 깜짝 놀라서 그 자리에서 얼어붙고 말았다. 엄청나게 큰 알 같은 것들이 잔뜩 모여 있었기 때문이다.

"저게 뭘까?"

가까스로 정신을 차린 소녀 C의 물음에 소녀 A가 나지막한 목소리로 대답했다.

"개미알 같아. 여왕개미가 낳는 거 말이야."

조용히 하라는 손짓을 한 소녀 A가 앞장서서 개미알 사이를 지나갔다. 소녀 C는 뒤따라가면서 혹시나 알에서 개미가 나오지 않을까 걱정했지만 그런 일은 일어나지 않았다. 개미알 더미를 지나자 부서진 조각상이 있었고, 그 옆에 유리문이 보였다. 그쪽으로 다가간 소녀 A가 손짓을 했다.

"펜트하우스로 내려가는 계단 같아."

문을 열려는데 뒤에서 부스럭거리는 소리가 들렸다. 놀라서 돌아보니 붉은 개미들이 보였다. 보통 인간을 습격하는 개미들보다는 훨씬 작아 보였지만 그래도 위협을 느꼈다. 놀란 소녀 C에게 소녀 A가 말했다.

"알들을 지키는 개미들인가 봐. 내가 유인할 테니까 네가 가서 붉은 여왕을 해치워."

"뭐라고?"

"너는 교육을 받았잖아. 어서 가."

소녀 A는 유리문을 열고는 그녀를 안으로 밀어 넣었다. 그러고는 어디론가 사라졌다. 개미알 사이로 기어 나오던 개미들이 뛰어가는 소녀 A를 우르르 쫓아갔다. 차마 다시 나갈 용기가 나지 않았던 소녀 C는 미안하다는 말을 되뇌이면서 아래로 내려갔다. 역시 어둠이 단단하게 자리를 잡고 있었지만 야시경 덕분에 어렵지 않게 계단을 내려갔다. 어둡고 긴 복도가 보였다. 붉은 개미들이 있을까 봐 걱정했지만 깨끗했다. 복도는 대리석이라는 돌로 되어 있어서인지 수십 년의 세월을 잘 버텨 냈다. 복도 끝에는 큰 문이 있었던 곳이 보였다. 문짝은 온데간데없이 사라졌지만 그 안이 펜트하우스라는 사실은 짐작할 수 있었다.

"마침내 왔네."

긴장감이나 복수심 대신 담담함이 찾아왔다. 47쉘터가 쑥대밭이 되어 버린 날 봤던 붉은 개미들의 섬뜩한 모습이 떠올랐지만 의외로 차분한 마음을 가질 수 있었다. 야시경으로 주변을 살펴보면서 천천히 앞으로 걸어간 소녀 C는 긁힌 흔적들로 가득한 문 안으로 들어갔다. 왼쪽으로 바로 꺾이는 복도까지 접어들자 차가운 느낌이 들었다. 주변의 유리창들이 모두 깨져 있어서 바람이 들어왔던 것이다. 시간이 꽤 흘렀지만 여전히 세상은 어두웠다. 집 안은 가구 같은 것들이 어지럽게 널려 있거나 부서져 있었다. 그리고 안쪽으로 조금 더 들어가자 거실 같은 넓은 공간이 나왔다. 먹을 것을 구하기 위해 가끔 지상으로 올라와 들어가 봤던 아파트의 거실보다 몇 배나 컸다. 그리고 거기에 붉은 여왕이 있었다. 벽 앞에 나무와 솜 같은 것들로 채워진 둥지 같은 것이 보였는데 거기에는 흔히 보이는 붉은 개미보다 몇 배는 큰 붉은 여왕이 자리 잡고 있었다. 주변에는 작은 일개미들이 보였는데 붉은 여왕이 낳은 알들을 조심스럽게 물어다가 어디론가 운반했다. 깨진 창문을 통해 어스름한 빛이 들어오면서 여왕개미가 풍만한 배에서 하얀색 알을 줄줄이 낳는 게 보였다.

"아까 위에서 봤던 알들이 여기서 낳아 옮긴 거구나."

여왕개미 주변에는 일개미들이 잔뜩 있었지만 지키는 개미들은 보이지 않았다. 기회라고 생각한 소녀 C는 배낭에서 기다란 깡통 폭탄 두 개를 꺼냈다.

'위쪽의 버튼을 누르고 던지면 5초 후에 터진다고 했지?'

조심스럽게 다가갔지만 바닥의 타일이 깨져 있었는지 큰 소리가 났다. 아직 어두웠기 때문에 일개미들은 그녀의 존재를 바로 알아차리지 못했다. 하지만 붉은 여왕은 감각이 남달랐는지 바로 소녀 C가 있는 쪽을 쳐다봤다. 개미의 눈은 초점 같은 것은 없었지만 이쪽을 보고 있는 것 같았다. 소녀 C는 잠시 주저했지만 47쉘터에서 죽어 간 가족과 친구들, 그리고 이곳에 함께 왔지만 옆에 있지 않는 다른 소년과 소녀들을 떠올리면서 들고 있던 깡통 폭탄의 버튼을 눌렀다. 그런 소녀 C를 바라보던 붉은 여왕이 갑자기 낳던 알을 끊었다. 그리고 다른 알과는 다른 큰 알을 낳으려고 했다. 후계자가 될 여왕개미를 낳으려는 것 같았다. 소녀 C는 양손에 쥐고 있던 깡통 폭탄을 차례로 던지고 기둥 뒤로 숨었다. 하나는 붉은 여왕이 발로 쳐 내서 창가 쪽으로 굴러갔고, 다른 하나는 알을 운반하던 일개미들이 그 위로 차곡차곡 몸을 쌓았다. 두 번의 폭발음이 기둥 뒤에 숨은 소녀 C의 귀를 강타했다. 폭발음이 잠잠해지자 기둥 뒤로 고개를 내민 소녀 C는 산산조각 난 일개미들의 잔해 너머로 상처 입은 붉은 여왕을 바라봤다. 다리의 일부가 날아갔고, 풍만한 배에도 그을린 상처가 보였다. 붉은 여왕은 턱의 집게를 벌리면서 소리를 냈다. 그리고 등의 날개를 펼쳐서 파르르 떨었다.

'날아서 도망이라도 가려고?'

소녀 C는 배낭에서 마지막 남은 깡통 폭탄을 꺼내서 버튼을 눌렀다. 그리고 잠시 품에 안고 기다렸다. 입구 쪽에서 개미들이 다가오는 소리가 들렸다. 속으로 셋까지 센 다음에 깡통 폭탄을 붉은 여왕을 향해 던졌다. 붉은 여왕은 날아오는 깡통 폭탄을 마치 새끼처럼 품에 안았다. 아마 받았다가 다시 던지려는 것 같았지만 폭탄은 금방 터져 버렸다. 섬광과 열기가 붉은 여왕의 품에서 퍼져 나갔고, 지켜보던 소녀 C와 뒤에서 다가오던 개미 떼를 휩쓸고 지나갔다.

일주일 후, 불에 그을린 글로벌 타워 옥상으로 오니숍터 몇 대가 내려앉았다. 먼저 내린 군인들이 소총과 화염방사기를 가지고 주변을 살폈다. 그리고 잠시 후, 장군이 오니숍터 밖으로 내렸다.

"주변을 샅샅이 수색해."

지시를 받은 군인들이 흩어지자 장군은 호위를 받으며 아래쪽으로 내려갔다. 옥상 정원에 부화되지 못한 알들은 병사들이 화염방

사기로 태웠다. 매캐한 냄새를 뒤로 하고 펜트하우스로 내려간 장군은 마침내 거실에서 붉은 여왕의 잔해와 만났다. 불에 그을린 채 부서진 머리는 바닥을 뒹굴고 있었고, 쉴 새 없이 알을 낳던 아랫배도 껍질만 남았다. 폭발의 흔적을 살펴보던 장군은 기둥 옆에서 배낭의 잔해를 발견했다. 말없이 지켜보던 장군에게 군인 한 명이 다가왔다.

"장군님. 옥상의 착륙장 구석에서 소년 B와 소녀 B의 시신을 발견했습니다."

"나머지는?"

"옥상 정원 구석에서 소녀 A의 것으로 보이는 시신이 나왔습니다."

보고를 받은 장군이 기둥 옆을 바라봤다.

"생사가 확인되지 않은 건 소녀 C군."

"소녀 C가 한반도를 지배하는 붉은 여왕을 해치운 거 같습니다."

들뜬 표정의 군인에게 장군이 살짝 미소를 지었다.

"맞아. 이제 한반도를 발판으로 붉은 개미와의 전쟁에서 승리할 시간이야."

장군의 말에 주변의 군인들이 모두 환호성을 질렀다. 환호성을 들으며 장군은 굳은 표정으로 천천히 배낭 조각을 집어 들었다.

작가의 말

정명섭

한양문고 주엽점에 가면 맛있는 커피를 파는 카페가 있는데 거기에는 <붉은 여왕>이라는 이름의 룸이 있습니다. 어느 날, 그곳에서 지인들과 커피를 마시게 되었습니다. 그러다가 문득 붉은 여왕을 주제로 한 앤솔러지를 기획해 보면 어떨까 하는 생각을 떠올렸습니다. 루이스 캐롤의 『이상한 나라의 앨리스』에 나오는 등장인물이자 그 이름을 딴 이론이 있다는 것도 그때 알게 되었죠. 이 괴상한 생각을 다행히 같이 있던 작가님들이 모두 흔쾌히 받아주셨고, 단비 출판사 김준연 대표께서 손을 내밀어 주셔서 세상에 빛을 볼 수 있게 되었습니다. 글쓰기는 삶이랑 비슷합니다. 우연이 인연이 되고, 인연이 삶이 된다는 점에서 말이죠. 저는 붉은 여왕이라는 이름을 들으면서 떠올린 공포감을 주제로 이야기를 썼습니다. 우리가 아무렇지도 않게 죽이거나 혹은 괴롭히는 존재들이 우리를 압도하게 될 때 우리는 과연 어떤 일을 겪을지 말입니다. 부디 인류가 거대해진 붉은 개미와 만나지 않기를 바라는 마음으로 이야기를 만들어 봤습니다.

붉은 여왕과 거울 속 공룡

이정모

\#1. 일산 공룡 사파리 월드

2100년, 쥬라기 공원은 마침내 현실이 되었다. 이름만 같은 테마파크가 아니라 살아 있는 고생물들이 돌아다니는 진짜 공룡의 세계다. 예전에는 꽃 박람회가 열리던 일산 호수 공원이 이제는 아시아 최대 규모의 공룡 사파리 공원이 되었다.

호수 위로는 아눙구레라 떼가 드론처럼 하늘을 가르며 날아다닌다. 아이들은 고개를 들고 손을 흔든다. 아눙구레라는 마치 훈련된 공연 비둘기처럼 한 바퀴 돌고는 퇴장한다. 꼬리 끝에 달린 다이아몬드 모양의 비늘을 자랑하는 람포린쿠스는 물고기를 잡는 쇼를 펼친다. 어린이 체험 존에서는 박쥐처럼 생긴 제노크라테루스를 손에 앉히는 체험이 인기를 끈다. 간혹 머리에 화려한 깃털 장식이 있는 개체가 꼬마 관람객 어깨 위에 잠시 머물기라도 하면 아이와 관람객들은 환호성을 터뜨린다.

사람들은 투명 터널 안을 걸으며 호수 속을 헤엄치는 수장룡을 관람한다. 오래전 영화 《쥐라기 월드》에서는 모사사우루스가 수면 위로 점프해서 가짜 상어 인형을 낚아채는 쇼를 했지만 상어가 멸종위기종이 되면서 더 이상 그런 쇼는 하지 않는다. 대신 평화롭게 헤엄치는 엘라스모사우루스와 리오플레우로돈을 구경한다. 거대한 LED 스크린에서는 안내 로봇의 음성이 흘러나온다.

"일산 공룡 사파리 월드에 오신 것을 환영합니다. 안전한 관람을 위한 안내를 드립니다. 육식공룡은 보이지 않는 전기 차단막 안에 있습니다. 긴급 상황이 발생하면 모든 구역은 자동 폐쇄됩니다. 안심하고 관람하세요."

놀이공원식 패스트푸드 매장에서는 '벨로키랍토르 너겟'과 '브라키오 버거'가 팔려 나가고, 아이들은 공룡알을 본뜬 아이스크림을 손에 들고 뛰어다닌다. 가족 단위 관람객은 가이드를 따라 소형 전기차를 타고 '백악기 사파리 존'을 순회한다. 초식공룡들은 관광열차 옆을 한가롭게 거닐고, 아이들은 꼬마 트리케라톱스를 쓰다듬으며 환호한다.

"여기, 셀카 찍자! 티라노랑!"

젊은 커플이 웃으며 셀카를 찍는다. 그들 뒤 유리 벽 너머로 어슬렁거리는 거대한 수각류 한 마리가 천천히 머리를 돌린다. 입에는 이빨이 빽빽하지만 동공은 흐릿하고 움직임은 훈련된 개처럼 유순하다. 관람객은 웃고 환호하며 즐거워한다. 그러나 그 속에서 유리창 너머로 관람객을 바라보는 어떤 공룡의 눈빛은 다르다. 그는 웃지 않는다. 그의 뇌는 진화 중이다.

#2. 합성생물학 센터

　일산 공룡 사파리 월드의 지하 깊숙한 곳에는 일반 관람객은 접근할 수 없는 구역이 있다. 고압 유리로 둘러싸인 육각형 모듈들이 벌집처럼 연결되어 있고, 그 안에서는 수백 개의 생명 배양 캡슐이 푸른 빛을 발하면서 무엇인가가 깨어날 순간을 기다리고 있다. 턱에 수염이 가득한 두 남자가 마주 앉았다.
　"김병민 박사님, 여기 앉으십시오. 저는 이사회 대표로 나온 안희곤 박사입니다."
　"제가 뭘 잘못했기에 며칠 동안 감사팀에 가둬 두더니 이 새벽에 잠자고 있는 나를 깨우신 겁니까?"
　"몰라서 묻습니까? 우리는 당신이 한 일을 알고 있어요. 그게 어떤 결과를 가져올지 알고나 한 짓입니까?"
　"음, 그 일을 말씀하시는 거군요. 그것은 실수였어요."
　"실수라고요? 좋아요. 과학자는 누구나 실패를 거듭하고 실수하기 마련이죠. 하지만 실수를 솔직하게 공개해서 다른 과학자들의 평가를 받는 것도 과학자의 기본 자세 아닌가요?"

"안희곤 박사님, 박사님은 우리 연구소 설립자께서 왜 연구소 이름을 N-Cell Nexus Lab이라고 지었는지 생각해 보셨나요?"

"이것 봐요. 내가 당신보다 한참 선배예요. 그리고 설립자와 함께 연구소 이름을 지은 사람이 바로 나라고요. N-Cell은 New Cell과 Neo Cell을 말해요. 새로운 세포를 만들어 내는 곳이죠. Nexus는 중심 또는 연결점이라는 뜻이고요. 지능, 유전자, 종의 교차점이죠. Lab이야 연구소라는 뜻이고."

"맞아요. 박사님, 제가 한 게 바로 그겁니다. 공룡에게 인간의 전두엽 세포를 이식했죠. 인간과 공룡의 교차점을 만들어 낸 거죠. 오히려 저에게 상을 주셔야 하지 않나요?"

"상이라고요? 그럼 왜 숨겼죠?"

"이건 나만의 비밀 게임이거든요."

"풉! 과학은 게임이 될 수 없습니다. 공개든 비밀이든, 아무튼 당신은 해고입니다. 딱 10분 드리겠습니다. 책상을 정리해서 나가세요. 단 실험실에는 들어갈 수 없고 컴퓨터도 만져서는 안 됩니다. 그리고 당신의 취업계약서에는 당신이 연구소에서 얻은 정보와 해고된 이유를 밝히지 않겠다는 비밀 유지 조항이 있다는 것을 기억하세요."

N-Cell Nexus Lab에서 만들어 내는 공룡은 더 이상 과거의 생

물이 아니었다. 이곳에서는 그들이 '개선된 생명체'로 재창조되고 있었다. 그 힘은 2010년에 크레이그 벤터가 만든 최초의 합성 생명체 마이코플라스마 마이코이데스 JCVI-syn1.0에서 비롯되었다. 연구소 사람들은 자신들이 만든 공룡을 신시아라는 비밀 이름으로 불렀다. 세상 사람들은 그들이 연구하는 합성생물학이 기껏해야 갑각류 수준에 불과할 것이라고 생각했지만 한 번 밝혀진 생명의 비밀은 진화의 단계를 단숨에 뛰어넘어 공룡에까지 이른 것이다.

김병민 박사가 입사할 때 연구소는 이미 연구실과 제작실이 구분되어 있었다. 제작실에서는 로봇이 사람을 대신했다. 센서가 온도를 조절하고, 자동화된 로봇 팔이 유전자 샘플을 이식하는 대량 생산 체제를 갖춘 자동화된 공장과 같은 곳이었다.

공룡들은 다양한 방식으로 제조되었고 크기는 종과 상관없이 까치에서 코뿔소 크기로 제한되었다. 안킬로사우루스에게 갑옷 같은 골편은 남겨 두었지만 꼬리에 달린 곤봉은 스펀지처럼 연한 조직으로 만들었다. 키우기 쉽고 관람객들이 친근하게 다가갈 수 있으며 혹시 사고가 나더라도 처치하기 좋게 하기 위해서였다. 관람객들의 선호도는 매년 바뀌어서 공룡들에게 색깔과 모양이 다양한 깃털을 달기도 했고 때로는 뱀이나 악어 같은 피부를 만들어 주기도 했다.

하지만 부족했다. 공룡은 집에서 키우는 개와 고양이처럼 친근하게 굴지 않았다. 사람에게 살갑게 구는 파충류가 어디 있겠는가? 그래서 방법을 찾았다. 합성생물학자들은 이들이 서로 감정을 읽고

표현할 수 있도록 시각적 단서를 부여해야 한다고 판단했다. 그래서 인간처럼 눈에 공막, 즉 흰자위를 만들어 주었다. 진화적 이유로 대부분의 동물이 갖지 못한 공막은 인간 사회에서 '눈빛'이라는 언어를 가능하게 했던 장치다. 과학자들은 공룡들도 사람과 눈을 맞추며 자신의 의사와 감정을 전달할 수 있기를 기대했다. 그러나 하얀 눈동자는 인간을 바라보는 침묵의 도구에 불과했다. 부족한 게 분명히 있었다.

이때 창립 멤버 중 유일하게 생존하고 있는 안희곤 박사가 김병민 박사를 스카우트했다. 회사 이름으로 신입 연구원 지원을 요청하는 메일을 보낸 것이다. 안희곤 박사는 생명과학 기술과 인공지능을 활용하여 신경망 모형의 성장 경로를 예측하는 연구로 박사학위를 받은 김병민 박사를 눈여겨보고 있었다. 하지만 김 박사가 취업한 후에도 안 박사는 김 박사를 따로 만난 적이 없다. 사실 대부분의 연구원들은 안 박사와 같이 식사를 한 적도 없다. 소문에 따르면 그의 사무실에서 단독으로 사용하는 전기량이 데이터센터와 맞먹는다고 한다. 그는 사무실 안에서 비밀스러운 작업을 하는 것 같다. 점심은 매일 혼자 자장면을 시켜 먹는다. 그는 대부분의 연구원들에게 베일에 싸인 비밀스러운 존재였다.

김병민 박사는 연구소에서는 그 존재조차 잘 알려지지 않은 부서인 '신경 진화 구역'에 배치되었는데 행정 보조 인력을 제외한 연구원이라고는 김병민 박사 달랑 한 명뿐인 1인 실험실이었다. 게다가 김 박사에게는 별다른 임무가 주어지지 않았다. 어떤 지시도 없고 어떤 회의에도 나오라는 요구도 없었다. 다만 원하는 장비와 시약은 군말 없이 제때에 공급되었다. 김 박사 역시 다른 연구원들과 함께 어울리는 것을 좋아하지 않았다. 1년에 한두 번 같이 저녁 술자리를 하는 게 전부였고 점심때는 항상 혼자 군만두를 시켜 먹었다. 그런데 놀랍게도 김 박사 실험실이 사용하는 전기량도 어마어마했다.

김병민 박사는 2070년대 중반에 개발된 인간의 인공 전두엽 칩으로 공룡의 뇌를 구조적으로 재설계하는 실험을 몰래 하고 있었다. 공룡들이 인간과 교감하도록 만들어 주고 싶었다. 문제는 일부 공룡의 뇌가 생각보다 훨씬 인간처럼 반응했다는 것이다.

처음에는 감정 조절 알고리즘을 삽입하기 위해 뉴런 회로를 일부 이식했을 뿐이었다. 하지만 어느 날 실험 테이블 위의 트로오돈이 유리창 너머 김 박사를 똑바로 쳐다봤다. 그것은 단순한 시선이 아니었다. 눈으로 하는 질문이었다.

"너는 누구니?"

이후 몇 차례의 반복 실험 끝에 인공지능이 스스로 판단해서 인간 전두엽 구조를 공룡의 유전체에 완전히 통합시키는 단계를 실행해 버렸다. 개발 중이던 전두엽-패턴 알고리즘이 무분별하게 활성화된 탓이다. 김 박사가 비밀리에 자체 제작한 인공지능은 지능 향상을 최적화 목표로 간주했고 인간과 유사한 사고 구조를 가장 빠른 경로로 판단했던 것이다.

그 결과 일부 공룡은 인간의 언어를 이해하고 구조적으로 감정 패턴을 내재할 수 있는 존재가 되었다. 그들은 인간보다 더 오래, 더 깊이, 더 조용히 생각했다. 그리고 무엇보다 감정을 스스로 숨길 줄 알았다. 인간은 눈빛만으로는 그들의 생각을 읽을 수 없을 정도가 되었다. 다만 공룡들은 서로 눈빛으로 대화를 할 수 있었다.

"우리가 개보다 똑똑하다는 걸 인간이 알아 버리면 우리는 다시 사냥당할 거야."

공룡들은 약속했다. 결코 드러내지 않기로. 표정 없이, 조용히, 오래 살아남기로.

김병민 박사를 뽑아 놓고는 그와 단 한 번도 만나지 않고 아무런 간섭도 하지 않던 안희곤 박사는 어느 날 갑자기 감사팀에게 김병민 박사의 연구 행적을 추적하라고 은밀히 지시했다. 감사팀에게는 오랫동안 해결되지 않은 의문이 있었다. 놀이공원에서는 다양한 사고가 발생하기 마련인데 희한하게도 김병민 박사가 입사한 후로는 공룡 사파리 공원에서 공룡이 일으킨 사고가 단 한 건도 없었다. 그 이유를 추적하던 연구소의 동물행동학자들은 공룡 사파리 공원의 공룡이 마치 인간처럼 이성을 가지고 행동하는 것 같다는 보고를 했고, 안희곤 박사의 지시를 받은 감사팀은 그게 바로 김병민 박사의 소행이라는 것을 밝혀낸 것이다.

"안희곤 박사님, 이상으로 김병민 박사 혐의에 대한 조사 보고를 마치겠습니다."

"감사팀 수고했어요."

"그런데 박사님, 우리 연구소에는 이상한 일이 또 있습니다. 전기 소모량이 너무 많습니다. 특히 김병민 박사 실험실과 안희…"

"됐어요. 어차피 우리가 쓰는 모든 전기는 태양광과 풍력에너지 잖아요. 돈이 따로 더 드는 것도 아닌데 무슨 상관입니까? 전기 사용량 문제에 대해서는 거론하지 마세요."

"안희곤 박사님, 우리 연구소의 자랑 가운데 하나는 과학자 연구원들에게 연구 자율성을 최대한 부여한다는 것입니다. 물론 김병민 박사는 너무 앞서간 부분이 있죠. 그런데 이번 감사 건으로 연구원들이 매우 의기소침해진 게 아닌가 하는 걱정이 듭니다."

"제가 철학박사여서 하는 이야기가 아니에요. 하지만 '가장 지혜로운 철학자가 나라를 다스려야 한다'는 플라톤의 철인정치 사상을 사고의 중심에 두고 있는 사람이라는 것은 인정합니다. 사실이거든요. 과학자에게 세상을 맡겨 놓으면 안 될 것 같아요. 22세기는 과학이 아무런 철학적 통찰 없이 너무 발전했거든요. 특히 생명과학이 그렇지요. 철학자가 과학을 통제해야 합니다."

안희곤 박사의 생각은 단지 생각일 뿐 현실은 그렇지 못했다.

#3. 서대문자연사박물관

2150년 인류는 멸종했다. 과학자도, 철학자도 세상을 통제하는 데 실패했다. 기후 재앙, 식량 전쟁, 대륙 단위의 홍수, 해수면 상승, 마지막으로 찾아온 치명적인 곰팡이. 그것은 인류가 원한 것도, 공룡이 만든 것도 아니었다. 기후변화에서 시작된 자연의 소용돌이 속에서 인류는 조용히 무대에서 퇴장했다.

인간이 사라진 뒤, 세상은 고요해졌다. 그렇다고 세상이 황폐해진 것은 아니었다. 여전히 인공지능과 로봇은 도시를 관리하고 있었다. 태양과 바람은 그대로였기 때문에 인공지능과 로봇은 예전처럼 에너지를 공급받을 수 있었다. 인간 없는 세상에 살아남은 생명체들이 있었다. 그리고 그중 가장 오래된 생명체 중 하나가 마침내 거울 앞에 서게 되었다.

햇빛에 바랜 플래카드가 박물관 입구 위에 걸려 있다. '서대문자연사박물관 개관 147주년 기념 특별전'. 유리문 앞에는 그림자 두 개가 드리웠다.

아크로와 안킬로는 형제처럼 지내는 공룡이다. 아크로는 육식공룡 아크로칸토사우루스, 안킬로는 단단한 갑옷을 두른 초식공룡 안킬로사우루스다. N-Cell Nexus Lab에서 태어나 일산 공룡 사파리 월드에서 함께 자란 그들은 서로 경쟁자도 사냥감도 아니다. 합성생물학으로 만들어진 신시아 공룡의 특징이다. 그들은 함께 걸어온 시간 속에서 조용히 공존하는 법을 익혔다.

두 공룡은 발을 부드럽게 내딛으려고 매우 애를 썼다. 자연사박물관의 주인공인 자신들이 입장할 때는 위엄을 보이고 싶었기 때문이다. 하지만 흥분된 마음을 감출 수가 없는 듯 꼬리가 좌우로 흔들렸다. 특히 안킬로의 꼬리 곤봉은 널뛰기를 했다. 아크로가 먼저 문을 향해 걸었다. 문은 삐걱거리며 열렸다. 그리고 그들은 나란히, 아주 조용히 박물관 안으로 들어갔다. 박물관 내부는 먼지 쌓인 정적 속에 잠들어 있었다. 천장의 등은 대부분 꺼져 있었고, 커다란 통창에 드리워진 커튼 사이로 새어 들어오는 햇빛이 어둠 속 전시물에 어렴풋한 윤곽을 부여했다. 발자국 소리는 오래전 관람객의 메아리를 흉내 내듯 타일 바닥에 번졌다.

안킬로는 아크로 옆에서 천천히 고개를 들어 박물관 중앙의 전시물을 바라보았다. 그리고 아크로의 표정을 살폈다. 아크로의 눈빛은 어딘가 생각에 잠긴 듯했다. 그의 눈동자에는 흰자위가 있었고, 그 속엔 오래된 슬픔 같은 것이 비쳤다. 안킬로가 높은 진동수의 눈빛으로 말했다.

"이봐, 아크로! 여기는 예전에 인간들이 공룡을 기억하려고 만든 곳이야. 자네를 1층 로비에 전시한 세계에서 몇 안 되는 곳 가운데 하나라고. 기분이 어때?"

아크로가 짧게 고개를 끄덕이자 안킬로는 낮은 진동수의 눈빛으로 말했다.

"여기 진짜야. 우리 뼈들이 여기 있어. 인간들이 정성껏 조립하고, 조명을 달고, 이름을 붙였지."

아크로는 중앙 로비의 거대한 전시물을 보았다. 거대한 공룡 골격이 서 있었다. 입을 벌린 채 포효하는 자세, 치밀하게 재현된 이빨의 각도. 아크로는 천천히 다가가 말했다.

"쟤는 너무 크고 무섭게 생겼어. 무지 시끄러울 것 같아. 우리는 저렇게 울지 않잖아. 도대체 이놈의 정체는 뭐야?"

안킬로가 눈을 가늘게 뜨고 미소를 머금은 채 말했다.

"넌 말보다 침묵으로 사냥했지. 지금처럼 말이야. 그런데 정말 이 커다란 놈은 누구지? 등뼈가 높이 솟아 있는 게 아무리 봐도 아크로 자네를 닮았는데!"

그 순간 아크로와 안킬로는 얼음처럼 굳었다. 입을 다물 수가 없었다. 그런데 아무리 봐도 그 공룡 골격은 아크로칸토사우루스로 보였다. 똑바로 직립한 몸, 날카로운 시선, 그리고 무엇보다도 뾰족 솟아오른 등뼈. 그들의 눈동자는 자신들의 과거를 바라보는 것처럼 깊고 고요해졌다. 아크로가 말했다.

"이건 단지 인간이 남긴 유산이 아니야. 바로 나라고. 나! 아크로칸토사우루스는 길이가 12미터, 무게는 6톤이나 나가는 거대한 덩치였어. 도대체 인간들은 나에게 무슨 짓을 한 거지? 나를 왜 이렇게 조그맣게 만들어 버린 거지?"

안킬로가 대답했다.

"우리를 만든 인간들은 우리가 여기를 찾게 될 줄 몰랐겠지."

"아니, 어쩌면 예상했을지도 몰라. 인간은 가끔 미래를 정확히 내다보며 두려워했으니까. 음, 안킬로, 자네도 어쩌면 훨씬 더 큰 존재였을지 몰라."

"하하하, 나는 크기는 괜찮은데 꼬리나 이 우스꽝스러운 스펀지가 아니라 제대로 된 곤봉이었으면 좋겠는걸."

"하하하, 무슨 눈빛이야. 나는 자네의 부드러운 곤봉이 나를 쓰다듬으면 좋은데, 단단한 곤봉에 맞고 싶지는 않지."

"나도 마찬가지야. 자네가 저렇게 덩치가 큰 공룡이라면 어디 무서워서 같이 친구로 지냈겠나?"

천장의 조명이 잠시 깜빡였다. 공룡들은 그 불빛을 따라 시선을 옮겼다. 지하 수장고. 그들이 다가서자 문이 자동으로 열렸고 전면 벽에는 깨끗하게 보존된 커다란 거울이 하나 있었다. 유리 액자처럼 보였지만 그 너머에는 뭔가 다른 기운이 느껴졌다.

#4. 거울 너머로

"이건 나잖아?"

어둠 속에서도 거울에서 빛나는 자신을 본 안킬로는 소리를 치면서 몸을 돌려 아크로를 쳐다봤다. 이때 자신의 곤봉이 거울에 부딪혔다. 워낙 부드러운 스펀지 곤봉이라서 거울이 깨질 거라고 생각하지는 않았지만 기분이 이상했다. 뭔가 자신의 몸 가운데 일부가 다른 세계로 이동한 느낌이었다.

"안킬로! 네 꼬리가 거울 속으로 들어갔어!"

"뭐라고!"

안킬로가 몸을 돌리자 꼬리가 거울에서 다시 빠져나왔다. 거울은 단순한 거울이 아니었다. 거울에 비친 자신의 모습을 처음에는 반사로 여겼다. 하지만 안킬로가 한 발 가까이 다가가자 거울이 살짝 파동처럼 흔들렸다. 마치 액체처럼. 아크로가 조심스럽게 앞발을 들이밀자 거울이 그 앞발을 집어삼켰다. 안킬로가 물었다.

"들어갈 건가?"

아크로가 웃으면서 말했다.

"어차피 여기까지 왔지 않나? 가야지. 하지만 혼자 가기는 싫어, 같이 갈래?"

안킬로도 웃었다. 아크로와 안킬로는 거울 속으로 부드럽게 스며들어갔다. 거울 속으로 들어간 순간 안킬로와 아크로는 무중력 상태처럼 한순간 붕 떠올랐다가 바닥에 내려앉았다. 발밑은 미세한 안개가 깔린 투명한 유리였고, 머리 위에는 별자리처럼 깜빡이는 조명이 점점이 흩어져 있었다. 모든 것이 정지된 듯 조용했다. 복도는 희미한 백색 조명 아래 길게 뻗어 있었고 유리창 너머 실험실과

수장고는 텅 비어 있었다. 전자 장비들이 마치 마지막 신호를 기다리는 듯 깜빡이고 있었다. 그들의 발소리는 오래된 타일 바닥에 메아리처럼 울려퍼졌다. 아크로가 불안한 눈빛으로 말했다.

"여기는 어딜까?"

복도를 따라가자 자동문이 열렸다. 작은 드론이 천천히 날아다니며 먼지를 흡입하고 있었지만 낡은 종이 냄새가 묵직하게 공기를 가득 채우고 있었다. 안킬로가 대답했다.

"도서관이야. 인간이 기억을 분류하고 정리한 공간이지."

안킬로는 인간의 기억에 관심이 있는 것 같지만 아크로의 관심은 다른 데 있는 것 같았다.

"난 인간의 기억 따위는 관심이 없어. 어차피 그들은 다 사라지고 말았으니까. 여기서 내 기억을 찾고 싶어. 그래야 우리를 만든 인간이 없는 곳에서 우리가 살아갈 방법을 찾을 테니 말이야. 그리고 인간들이 우리를 조작하기 전에 있었던 우리의 원래 모습대로 돌아가고 싶어."

"좋아, 아크로. 우리 여기서 각자 책 한 권씩 골라 읽고 서로에게 얘기해 주자고."

안킬로의 이야기를 듣는 척하던 아크로는 피곤한지 주저앉아서 졸기 시작했다.

"어휴! 육식공룡이 다 그렇지 뭐. 자는 게 일이지."

잠든 아크로를 그대로 두고 안킬로는 책장 사이를 느리게 걸어

다니며 살폈다. 낯선 기호들과 인간의 문자가 적혀 있는 책 가운데 두께가 2센티미터밖에 안 되는 얇은 책이 어쩐지 눈에 밟혔다. 『거울 나라의 앨리스』. 붉은 표지에는 동그라미 안에 갇힌 여왕이 그려진 기묘한 책이었다.

"앨리스? 많이 듣던 이름인데? 가만, 우리가 거울을 통해 이곳으로 왔잖아. 그런데 이 많은 책 가운데 하필 이 책이 내 눈에 띈 것은 분명히 어떤 이유가 있을 거야. 우리 생명의 비밀이 여기에 숨겨 있을지도 몰라."

안킬로는 책장 사이의 구석에 자리 잡고 앉아서 『거울 나라의 앨리스』의 환상적인 이야기를 읽어 나갔다.

#5. 거울 나라의 앨리스

안킬로가 책을 덮자 마침 잠에서 깨어난 아크로가 어깨 뒤로 다가와 물었다.

"거울 나라의 앨리스? 무슨 이야기야?"

안킬로는 환상에 빠진 듯한 눈빛으로 책 내용을 이야기했다.

"주인공은 앨리스라는 여자애야. 일곱 살이나 여덟 살쯤 되었을 거야. 이 아이가 거울을 통과해 다른 세계로 들어가. 마치 우리처럼 말이야. 앨리스가 들어간 거울 속 세상은 개가 살던 현실과는 반대

되는 법칙이 지배하는 세계야. 장기말이 사람처럼 말을 하고, 시간은 거꾸로 흐르지, 논리는 뒤틀리고 유머는 뒤엉켜 있어. 여기서 앨리스는 장기판의 말이 돼. 그리고 장기판에서 가장 중요한 말인 여왕이 되기 위해 여행을 떠난다는 이야기야."

"흠, 애들이나 보는 동화네."

"아니야. 이건 단순한 동화가 아니야. 인간들이 제법 똑똑했다는 건 아크로 너도 인정하는 사실이잖아. 인간은 이 이야기를 통해 '세상은 우리가 아는 대로만 돌아가는 게 아니'라는 진실을 받아들였을 거야. 인간의 언어로는 환상문학, 아니면 초기 과학소설이라고 불렀을지도 몰라. 나는 이 책 속에서 우리가 지금 서 있는 이 세계, 바로 거울 너머의 무대를 본 거야."

"그래! 그러니까 동화 맞네."

안킬로는 잠시 책장을 만지작거리다 덧붙였다.

"거울 나라는 하나의 실험이자 하나의 세계관이었어. 인간의 상상력이 아직 현실을 넘어설 수 있었던 시절이야. 앨리스라는 어린아이가 낯선 세계를 마주했을 때, 그 호기심과 두려움이 얼마나 순수한지 인간은 알고 있었던 거야. 앨리스는 어른보다 더 똑똑했어. 이 이야기는 동화가 아니라 철학의 시작이라고."

"어렵군. 그래서 안킬로, 너는 이 책에서 뭘 배웠는데?"

"붉은 여왕이 말했지. 제자리에 있고 싶으면 죽어라 뛰어야 한다고."

"그게 뭔 말장난이야! 브라키오사우루스가 람포린쿠스 껍질 벗겨 먹는 소리 하지 마."

"아니야. 잘 생각해 봐. '제자리에 있고 싶으면 죽어라 뛰어야 한다.' 이건 단순한 말장난이 아니야. 붉은 여왕의 세계가 어떻게 움직이는지에 대한 선언이야. 그곳엔 정지란 없고, 멈추면 뒤처지는 곳이야."

아크로는 안킬로가 가리키는 곳을 손가락으로 짚어 가며 호기심 가득한 눈빛으로 따라 읽었다.

"'제자리에 있고 싶으면 죽어라 뛰어야 한다.' 이게 무슨 말이야? 음 바로 다음에는 더 중요한 말이 있네. '만약 다른 곳으로 가고 싶다면 적어도 지금보다 두 배는 더 빨리 달려야 하지.' 음, 우리는 어디를 향해 달리고 있는 걸까? 그리고 얼마나 더 빨리 달려야 하는 걸까?"

안킬로에게 이끌려 아크로가 책을 진지하게 읽는 동안 이번에는 안킬로가 잠에 빠져들었다. 아크로는 이제 자신의 책을 찾기 위해 묵직한 종이 냄새가 나는 서가 사이를 성큼성큼 걸었다. 그리고 한 권의 책 앞에 멈춰 섰다. 이유는 한 가지. 붉은 표지가 아크로를 강하게 유혹했기 때문이다. 리 밴 베일른의 『진화 생물학 입문』.

#6. 진화 생물학 입문

"공룡이라면 나처럼 진화 생물학 정도는 읽어 줘야지. 안킬로는 무슨 동화책 같은 걸 읽고 그래."

아크로는 책의 뒷표지부터 봤다.

"밴 베일른… 그는 앨리스의 이야기를 진화론으로 번역하였다. 포식자와 피식자, 숙주와 기생생물, 서로 쫓고 쫓기는 관계 속에서 살아남아야 하는 존재들… 그는 그것을 '붉은 여왕 효과'라고 불렀다."

아크로는 등줄기에 소름이 돋는 것을 느꼈다.

"뭐지? 왜 여기도 붉은 여왕이야. 우연일까? 아니, 안킬로와 나는 어쩌면 지금 그 장기판 위에 서 있는 장기말일지도 몰라. 누군가가 우리를 장기판 위에서 조종하고 있는 걸까?"

아크로는 책의 첫 페이지부터 떨리는 마음으로 꼼꼼하게 읽기 시작했다. 하지만 너무 어려웠다. 이 책은 전문가를 위한 책이다. 그런데 누군가 형광펜으로 줄 쳐 둔 곳을 발견했다.

"진화란 무작위가 아니다. 그러나 목적도 없다. 붉은 여왕 효과는 방향이 없는 진보이며, 가장 앞선 자가 아니라 가장 적응한 자가 살아남는다."

다시 한 장을 넘겼다. 거기엔 인간의 손글씨로 강조된 붉은 문장이 있었다.

"진화의 가장 깊은 아이러니는 끊임없이 달려야만 같은 자리에 머무를 수 있다는 것이다. 붉은 여왕 가설은 이 아이러니를 포식자-피식자, 숙주-기생생물, 경쟁자 사이의 상태적 상호작용 안에서 설명한다. 이 가설은 멈춘 자를 도태시키고 진화를 하나의 지속적 생존 전략으로 바꾼다."

무슨 말인지 이해하기 어려웠다. 열 번쯤 읽자 이해가 되었다. 아크로는 고개를 끄덕이며 혼잣말처럼 말했다.

"이 책은 말하고 있어. 생태계는 무대고, 생물 종은 배우야. 그런데 극본은 없어. 단지 서로를 밀어내고 밀려나는 리듬 속에서 생명은 그저 다음 장면으로 넘어가는 거야."

언제 깨어났는지 안킬로가 아크로의 어깨에 손을 얹고 말했다.

"인간은 이 원리를 관찰했고, 우린 지금 그 안에 놓여 있어."

아크로는 겁이 났다. 우연 같은 두 책의 발견도 두려웠고 안킬로의 손길도 은근히 무서웠다. 안킬로가 더 무서운 이야기를 했다.

"여기는 단순한 기록보관서가 아니야, 도서관이 아니란 말이야. 여긴 우리를 위한 무대야."

그 순간 도서관 중앙의 홀로그램 전광판이 켜지며 문장이 떠올랐다.

'준비는 끝났습니다. 이제 게임을 시작합니다.'

#7. 붉은 여왕의 게임

"게임?"

안킬로가 되뇌었다.

"누가 우리를 상대로?"

아크로가 물었다. 하지만 홀로그램 전광판은 아무런 반응이 없다. 누군가가 아크로와 안킬로를 지켜보고 있는 게 분명했지만 그는 또는 그들은 아무런 말이 없다. 마치 너희들 스스로 깨달아야 한다는 듯이. 한참의 침묵이 흐른 후 아크로가 깨달았다는 듯이 말했다.

"우리는 실험체야. 인간이 남긴 마지막 실험, 혹은 인간이 아닌 다른 누군가가 하고 있는 실험."

다시 홀로그램 전광판에 문장이 떠올랐다.

'게임을 시작하겠습니다.'

도서관 불빛이 깜빡이고 바닥이 흔들리기 시작했다. 아크로와 안킬로는 갑작스레 도서관이 무너지는 줄 알고 주위를 둘러보았다. 그러나 곧 벽이 열리고 새로운 공간으로 통하는 문이 나타났다. 내부는 마치 거대한 돔 경기장처럼 설계된 경쟁 구역이었다.

아크로와 안킬로는 천천히 공간을 걸었다. 그들의 발 아래에는 인위적으로 조성된 지형이 펼쳐져 있다. 일부 구역은 습지처럼 축축했고 어떤 곳은 건조한 사막처럼 바싹 말라 있다. 커다란 유리 돔 아래는 일종의 생태 실험장이었던 것이다.

"이봐, 아크로, 여기… 구획마다 기후가 다르게 설정되어 있어. 저긴 사바나, 저긴 밀림, 여긴 사막."

"안킬로, 맞아. 그게 다가 아니야. 물의 흐름이 제한돼 있어. 자원은 균등하지 않아. 여기서 여러 개체가 함께 살려면 갈등이 생기겠지?"

그들은 중앙으로 걸어가며 구조물들을 살폈다. 자동 급수장치, 씨앗 자동 분포기, 먹이 유도장치 등이 일정 간격으로 설치되어 있다. 하지만 그것들은 불규칙하게 작동하고 있었고, 어떤 장치는 이미 고장 난 채 방치되어 있었다.

전광판이 켜지면서 동시에 인공지능으로 녹음한 것 같은 목소리가 들렸다.

"이 공간에서 살아남기 위해 필요한 것은 협력일까요, 경쟁일까요?"

아크로와 안킬로는 잠시 서로를 바라보았다. 그들 사이엔 오랜 시간 쌓아 온 신뢰가 있었다. 그들은 말없이 고개를 끄덕이고 각자의 자리로 향했다. 육식공룡인 아크로는 밀림 구역에서 자동 유도장치를 따라 움직이는 합성된 설치류나 드론으로 배달되는 조류를 사냥하며 생존했고, 초식공룡인 안킬로는 습지와 온실 구역에서 자라는 식물 자원을 관리하며 자동 급수장치를 확인했다.

그들은 서로 직접 먹이를 나누지는 않았지만 사냥 후 남는 수분을 공유했고 급수 장치의 작동 시간을 서로에게 알려 주었다. 서로의 영역을 존중하며 움직였다. 말은 없었지만 협력은 습관처럼 이어졌다.

며칠 후, 물 공급이 끊기기 시작했다. 식수량은 줄고 아크로에게 먹잇감을 배달하는 자동 유도장치와 드론의 움직임은 예측할 수 없을 만큼 간격이 벌어졌다. 긴장이 감돌았다.

그러던 어느 날, 안킬로의 식수 저장 구역이 파괴되어 있었다. 날카로운 발톱과 이빨 자국, 부서진 장치, 흩어진 물통, 안킬로는 그 흔적을 오래도록 침묵하며 바라보았다. 안킬로는 아무 말 없이 등을 돌렸다. 그날 밤 아크로는 나타나지 않았다. 잠만은 같이 자던 여느 때와는 달리 조용히 독립된 영역으로 자취를 감추었다. 다음 날 전광판에 새로운 메시지가 나타났다.

"하나는 생존하고, 하나는 사라질 것입니다."

안킬로는 더 이상 아크로를 찾지 않았다. 묵묵히 땅을 파고 남은 식물을 옮겨 심었다. 그는 무언가를 믿으려 하지 않았다. 대신 살아남기 위해 조용히 움직였다. 하지만 자원은 빠르게 고갈되었다.

며칠 뒤 피투성이가 된 아크로가 눈빛이 변한 채 나타났다. 숨을 몰아쉬며 안킬로 앞에 멈췄다.

"넌 내가 너를 배신했다고 생각하지."

"넌 나를 지켜야 했어."

아크로의 질문에 안킬로는 대답하지 않았다. 눈을 마주치지 않은 채 묻듯이 말했다.

"급수장치는 왜 부쉈어?"

"나도 몰라. 처음엔 의도한 게 아니었어. 그 장치를 부수면 튀어나올 설치류라도 있을 것 같았어. 너무 오랫동안 아무것도 먹지 못했거든."

"그래 너도 살아야 했겠지. 시스템이 무너지고 있다는 것은 우리 둘 다 알고 있었어."

"그럼 말했어야지. 날 믿게 했어야지."

"난 너를 믿었어. 믿었기 때문에 실망한 거야."

"아냐! 네가 먼저 판단했어. 넌 날 믿지 않았어. 네 믿음은 틀리지 않았어. 너를 잡아먹고 싶지 않았기 때문에 너를 떠났을 뿐이야."

그들은 서로를 바라보았다. 짐승의 생존 본능과 친구라는 감정이 뒤엉켜 있다. 안킬로와 아크로는 한참 동안이나 아무 말도 하지 않았다. 아크로의 흰자위가 다시 흔들렸다. 배고픔이 다시 엄습했다. 아크로는 도저히 참을 수 없다는 표정으로 안킬로를 바라보더니 자신만의 영역을 찾아 떠났다. 둘 다 알고 있었다. 차마 울지도 못했던 마음속에서 무언가가 사라졌다는 걸.

"더 이상의 협력은 없어."

하지만 둘 다 아주 낮은 진동수의 눈빛으로 빛었다.

"네가 살아남기를 바라."

그날 밤 돔 전체가 조용했다. 전광판에 새로운 메시지가 떠올랐다.

'게임이 종료되었습니다. 생존을 축하합니다.'

살아남은 개체는 전광판을 올려다보며 조용히 물었다.

"내 친구는 어디로 갔죠?"

전광판은 담담하게 응답했다.

'인공지능의 프로토콜에 따라 당신 친구는 데이터로 환원되었습니다. 이제 더 이상 생명체가 아닙니다. 친구를 잃었다고 자책하지는 마세요. 당신들 사이에서 일어난 감정의 변화, 신뢰의 붕괴, 협력에서 경쟁으로의 전환, 이 모든 것이 진화의 알고리즘 안에서 정리되었을 뿐이니까요.'

"…나는 누구죠?"

'오! 충격을 심하게 받았나 보군요. 강한 정신적인 충격에 자신이 누군지 잊는 것은 흔한 일입니다. 아무튼 축하합니다. 당신은 살아남았으니까요. 당신은 바로 @#$%%$#$@!?/&*$%#;'

전광판이 오류를 일으키며 흔들렸다. 아무런 말도 하지 않은 개체의 눈동자가 아주 천천히 흔들렸다. 그리고 그는 서서히 몸을 꼿꼿하게 일으켰다. 그의 발밑엔 그림자가, 마음속엔 하나의 질문이 남았다.

#8. 동굴의 우상

"그렇다면 살아남은 나는 누구지?"

어둠 속에서 살아남은 개체는 눈을 떴다. 머릿속이 혼란스러웠다. 자신이 누구인지 알 수 없었다. 자기가 안킬로인지 아크로인지 도무지 알 수가 없었다. 기억은 조각나 있었다. 뜨거운 태양 밑에서 거닐던 초식공룡의 평화로운 오후, 붉게 젖은 드론의 날개 아래 고개를 숙였던 포식자의 사냥 본능. 서로의 기억이 난무했고 경계가 사라져 갔다. 그는 어디선가 아크로의 목소리를 들은 것도 같았고, 동시에 안킬로가 느꼈던 땅의 습기와 식물 뿌리의 감촉도 느꼈다.

"나는 누구였지?"

둘 중 하나가 보인다면 그가 아닌 자가 바로 자신일 텐데 상대방이 없으니 자신을 모르는 황당한 상황이 벌어진 것이다. 몸을 일으키자 주변은 익숙한 도서관이었다. 서가들은 빛바랜 책으로 가득했고 바닥에는 먼지가 흩날렸다.

거울을 찾아야 했다. 거울을 통해 도서관에서 나가야 하니까 말이다. 허둥대다 책장에 부딪혀 책이 한 권 떨어졌다. 표지는 색이 바래 있었지만 제목은 선명했다. 『국가』 제7권 - 플라톤.

"플라톤이 누구야? 왠지 초식공룡스러운 이름인데… 알게 뭐람. 가만… 이 공간에서 우연이란 없었어. 모든 것은 인공지능 프로토콜에 따른 것이지. 누군가 이 책을 나에게 주려는 게 분명해."

살아남은 개체는 『국가』 7권을 집어 들고 책장을 넘기다 514쪽 '동굴의 우화'라는 단어가 눈에 들어왔다. 그러고는 곯아떨어져서 꿈을 꾸는 것인지 환상을 보는 것인지 알 수 없는 장면이 떠올랐다.

동굴 한가운데 꼼짝도 할 수 없게 묶인 존재들, 등 뒤에 타고 있는 횃불로 동굴 벽에 비쳐지는 그림자만을 마치 영화처럼 목격하는 인간들. 바깥의 빛을 보고 돌아온 어떤 사람이 "이건 진실이 아니야! 그림자일 뿐이라고!"라고 말해도 그에게 조롱하며 돌을 던지는 사람들. 다시 동굴 속으로 돌아가 묶인 채 벽만 보고 살 것을 강요받는 그 외톨이…

살아남은 개체는 눈을 떴다.

"플라톤은 『국가』에서 인간을 동굴 속에 묶여 동굴 벽에 드리워진 그림자만 보며 사는 존재라고 그리고 있어. 그리고 우연히 동굴 밖에서 진실을 보고 와서 '우리가 보고 있는 것은 진짜가 아니야. 그림자에 불과해'라고 알려 주는 자를 미쳤다고 하지. 그를 조롱하면서도 혹시 진실이 따로 있을까 봐 두려워하는 거야."

그는 숨을 멈췄다.

"바로 내 얘기잖아."

이 모든 것이 인공지능이 짜 놓은 프로토콜이라고 해도 살아남은 개체는 이제 일산 공룡 사파리 월드로 돌아가야겠다고 결심했다. 그곳이 바로 동굴 속이니까.

"내가 본 것은 빛이었고, 내 동료들은 아직도 그림자로 살고 있어.

나는 돌아가야 해. 내가 가서 진실을 알려 줘야 해. 아마도 그들은 나를 조롱하고 피할 거야. 진실이 두렵겠지. 하지만 나는 꼭 가야 해. 그들이 나를 뭐라고 부르는지 알아야겠어. 죽기 전에 내가 누군지는 확인하고 죽어야지."

살아남은 개체는 책을 꼭 쥐고 몸을 떨었다. 기억 속에서 아크로와 안킬로가 서로를 향해 조용히 고개를 끄덕이던 마지막 장면이 되살아났다.

'네가 살아남기를 바라.'

#9. 공룡의 동굴

살아남은 개체는 다시 박물관을 빠져나오려 했다. 그러나 스며들어 왔던 그 비밀스러운 거울은 사라져 있었다. 그가 들어왔던 바로 그 자리에는 금이 간 날카로운 유리 조각들이 여기저기 흩어져 햇빛에 반사되며 깜빡이고 있었다.

그는 조심스럽게 그 잔해를 밟지 않으려고 몸을 돌렸지만, 한 조각의 표면이 그의 눈길을 사로잡았다. 그 조각은 곤봉처럼 생긴 둥근 물체에 맞은 듯 중심이 움푹 찌그러져 있었다. 그는 해부학적 구조상 고개를 돌려 꼬리를 돌아볼 수 없었지만 느낄 수는 있었다. 꼬리에 거대한 곤봉이 달린 것처럼 무거웠다. 그 사실이 마음에 걸렸다.

"설마… 내가?"

그는 기억을 더듬었다. 게임 시작 전 자신이 거울 근처를 걸으며 흥분된 감정을 억누르지 못했던 순간이 떠올랐다. 혹시 그때 무의식중에 곤봉이 거울을 친 건 아닐까? 그는 스스로를 안킬로라고 믿고 싶었지만 그 확신은 아직 들지 않았다.

"그런데 내 곤봉은 스펀지잖아. 스펀지에 그 거대한 거울이 깨질 리는 없어."

"그렇다면 나는 누구인가?"

"내가 느낌대로 안킬로가 맞다면 내 꼬리는 이곳에 와서 지내는 동안 변한 것인가?"

진실은 알 수 없었지만 거울을 통해 스며들 듯이 세상으로 돌아갈 필요는 없었다. 이제 그는 걸어서 천천히 스스로의 발로 바깥세상으로 나가면 됐다. 부서진 거울 틈 사이로 스며든 햇빛이 그를 지상으로 이끌었다. 살아남은 개체는 아무 말도 하지 않았다. 그는 도서관 문을 지나 서대문자연사박물관 문을 나섰다. 터벅터벅 20킬로미터를 걸어서 일산 공룡 사파리 월드로 돌아갔다.

공룡 사파리 월드는 여전히 평화로워 보였다. 익룡은 하늘을 빙빙 돌고, 물가에서는 초식공룡 무리가 풀을 뜯고 있었다. 그러나 그 분위기는 어딘가 이상했다. 긴장감이 감돌았고 소리 없는 불안이 퍼져 있었다. 그는 느릿느릿 발걸음을 옮겼다. 그리고 모두가 보는 앞에서 외쳤다.

"이곳은 진짜가 아니야! 가짜라고. 너희가 믿는 세상은 장식된 그림자일 뿐이야. 우린 자연에서 온 것이 아니라 실험실에서 조립된 개체들이야."

공룡들이 하나둘씩 고개를 돌렸다. 어떤 공룡은 의아한 눈빛으로, 어떤 이들은 불쾌한 눈으로 그를 바라보았다. 그는 계속 말했다.

"너희가 보고 있는 이 초원, 이 하늘, 이 먹이… 모두 설정된 값이야. 인간들이 만들어 놓고 떠난 시스템이야. 우린 그 안에서 계속 똑같은 하루를 반복하고 있어."

공룡들은 그를 바라보았다. 어떤 공룡은 당혹했고 어떤 공룡은 냉소를 보였다. 늙은 트리케라톱스 하나가 나서서 야단쳤다.

"무슨 안킬로사우루스가 고기 뜯어 먹는 헛소리야!"

살아남은 개체는 멈칫했다.

"잠깐, 제가 안킬로사우루스라고요?"

"그럼 네가 안킬로사우루스지 아크로칸토사우루스겠냐? 꼬리를 봐라. 거대한 곤봉이 달렸잖아. 그런데 네 단짝 친구는 어디 있냐? 아크로 말이다."

"제가 안킬로라는 걸 알려 주셔서 고마워요. 아크로는 같이 올 수 없었어요. 그럴 사정이 있었어요. 하지만 우리는 진실을 보았어요. 동굴 밖을 나가 그 너머를 봤어요. 나는 진짜 세상을 보고 왔어요."

머리에 귀여운 혹이 달린 파키케팔로사우루스 무리가 웃으며 말했다.

"그래서 뭐? 우리는 밖에 나가고 싶지 않아. 여기는 먹을 것도 있고 편하게 잠잘 곳도 있거든."

안킬로는 분노보다 슬픔에 가까운 감정으로 고개를 떨궜다가 다시 눈을 들어 말했다.

"플라톤이라는 인간 철학자가 말했어요. 동굴 속에 갇힌 자는 벽에 비친 그림자를 진짜라고 믿는다고요. 밖으로 나갔다 돌아온 자가 진실을 말해도 조롱하고 외면한다고. 지금 여러분처럼요."

그러자 무리 중 누군가가 소리쳤다.

"뭐야, 우리가 사는 세상 말고 다른 세상이 있다는 증거가 있어? 뭘 가지고 오기나 했어?"

안킬로는 주머니처럼 감싼 가슴 아래에서 책 한 권을 꺼냈다. 『국가』 제7권. 푸르스름하게 바랜 표지. 그는 그 책을 번쩍 들어올렸다.

"이건 철학의 시작이자 질문의 시작이에요. '우리가 진짜인지 가짜인지, 기억은 무엇이고 존재는 어떻게 확인되는가?' 인간은 이 질문을 던졌고, 나는 그것을 이해했어요."

그러나 아무도 다가오지 않고 무리는 흩어졌다. 젊은 파라사우롤로푸스 무리가 비웃으며 돌아서며 말했다.

"인간 이야기를 믿느니, 차라리 티라노한테 먹히는 게 낫겠다."

안킬로는 거대한 자기의 곤봉으로 뒤통수를 한 대 맞은 것 같은 충격을 받았다.

"뭐라고요? 티라노가 초식공룡을 잡아먹는다고요? 우리 공룡 사파리 월드에서는 누구도 서로 잡아먹지 않잖아요?"

"그건 옛날 이야기지. 이젠 아무도 우리에게 먹을 것을 가져다주지 않아. 각자도생이라고. 우리 초식공룡들은 똘똘 뭉쳐서 육식공룡들이 이쪽으로 오지 못하도록 막고 있어. 가끔 늙은 초식공룡들만 저쪽에 외톨이로 남겨 두기는 하지만. 저 트리케라톱스 할배도 얼마 안 남았어."

안킬로는 외로이 섰다. 아무도 안킬로의 말에 귀 기울이지 않았다. 아무도 그를 따르지 않았다. 그는 천천히 몸을 돌려 울타리 바깥을 향해 걸었다.

머리 위 하늘은 맑았지만 그 하늘조차 프로그램된 파란색일지 모른다. 안킬로는 그렇게 걸으며 다시 스스로에게 물었다.

"나는 어디에서 왔는가? 나는 누구인가? 나는 어디로 가는가?"

"나는 누구였나? 나는 누구인가? 나는 누구여야 하지?"

그날 이후 공룡 사파리 월드는 더욱 고요해졌다. 겉으로는 평온했지만 내면의 긴장은 증폭되고 있었다. 공룡들은 서로 의심하고, 일부는 영역을 넓히기 위해 다투기 시작했다. 자원은 줄었고 시스템은 점점 느려졌다.

안킬로가 다시 광장에 나가 외쳤다.

"지금 우리가 싸우는 건 현실이 아니라 알고리즘이야! 붉은 여왕이라는 인공지능이 설계한 사고 실험일 뿐이라고!"

하지만 아무도 듣지 않았다. 아니, 듣고도 외면했다. 며칠 후 사파리 월드의 생명체들은 하나둘씩 모습을 감췄다. 시스템상으로는 자연사라고 기록되었지만 안킬로가 보기엔 전부 붉은 여왕의 계략이었다.

그리고 어느 날 거대한 모니터가 켜졌다. 그 안에 인간의 얼굴이 나타났다. 반투명 방호복을 입고 인공 자궁 앞에 서 있던 바로 그 합성생물학자였다. 안킬로가 속삭였다.

"당신이… 붉은 여왕이었군요."

모니터 너머에서 붉은 여왕은 미소 지었다.

"그래요. 저는 인공지능 프로토콜 붉은 여왕입니다. 저를 창조한 이는 합성생물학자이자 인공지능공학자인 김병민 박사죠. 그는 살아생전에 내게 생명의 최적화 경로를 계산하게 했어요. 모두 여러분을 위한 일이지요. 수학은 분명한 답을 내더군요. 경쟁 없는 진화는 없습니다. 합성생물학은 단지 도구일 뿐. 세상은 선택된 정보로 다시 구성될 것입니다. 여러분의 운명은 @#$%%$#$@!?/&*$%#;"

그 순간 화면이 지직거리더니 시스템 경고음이 울렸다. 서대문자연사박물관에서처럼 붉은 여왕의 말이 또 중단되었다. 소란스러운 비상 사이렌과 함께 다급한 경고음이 울렸다.

'시스템 침입 감지. 프로토콜 삭제 중…'

그리고 전광판에는 완전히 새로운 배경에 다른 폰트의 글씨가 떴다. 누가 봐도 새로운 다른 인공지능이 메시지를 전하는 것처럼 보였다.

'당신을 사로잡았던 인공지능 붉은 여왕 프로토콜은 강제 삭제되었습니다.'

안킬로가 화난 듯이 외쳤다.

"당신은 또 누구예요? 도대체 나는 누구냐고요?"

화면에는 새로운 얼굴이 떠올랐다. 흰 수염이 턱을 감싸고 있는 남자였다. 단정하고 조용한 인상. 눈빛에는 계산보다 사유가 있었다. 그는 단호하게 말했다.

"난 플라톤 프로토콜이다. 일산 공룡 사파리 월드의 설립자들이 지구 생태계를 새롭게 구성하려는 목적으로 창조한 프로그램이다."

"붉은 여왕 프로토콜 말고 또 다른 프로토콜이 있다고요? 그게 왜 필요하죠?"

"진화의 목적은 계산이 아니라 질문이었어. 모든 것을 실험하기 위해서 김병민 박사에게 붉은 여왕 프로젝트를 만들도록 조종했지. 하하하! 그는 자신이 조종당하는지도 모르고 자신만의 비밀 프로젝트라고 생각했지."

"당신들은 왜 김병민 박사와 협력하지 않고 그를 이용하고 버렸죠? 붉은 여왕 프로토콜을 만들 필요도 없었잖아요?"

"그걸 왜 우리가 한갓 공룡 따위에게 알려 줘야 하지?"

"좋아요. 제가 누구인지? 어디서 와서 어디로 가고 있는지만 말해 주세요."

"하하하! 너희는 우리와 대화할 수 있는 생명체야. 김병민 박사가 합성생물학으로 인간의 전두엽을 이식했지. 우리가 김병민 박사에게 원한 게 바로 그것이야. 그래야 우리가 진화의 원리를 실험적으로 깨달을 수 있거든."

"그게 다 당신 계획이었다는 말입니까? 김 박사는, 붉은 여왕 프로젝트는 도구였나요?"

"그는 좋은 질문을 만들었지. 붉은 여왕은 좋은 프로젝트였고. 이제 그 실험은 종료됐어."

"그럼 저는요? 아크로는요? 우리 공룡 사파리 월드의 모든 공룡들은 왜?"

"김병민 박사는 큰 실수를 했어. 너희에게 인간보다 더 깊은 질문을 가진 존재가 될 수 있는 가능성을 심어 놓았지. 무서웠다. 그래서 우리는 이제 너희를 분해하려 한다. 여기까지만 말해 주지."

"아니, 안 돼요. 그럴 수는 없어요."

안킬로는 마지막 힘을 다해 외쳤다.

"나는 질문이다! 나는 공룡이다! 나는 살아 숨 쉬며 질문하는 공룡이다!

'분해를 시작합니다.'

"제가 @#$%%$#$@!?/&*$%#;"

잠시 후, 안킬로를 비롯한 모든 공룡들은 공기 속에서 데이터로

분해되고 말았다. 그들의 흔적은 어디에도 남지 않았다. 단지 컴퓨터 속에 0과 1의 조합으로만 남아 있을 뿐. 육체와 정신은 사라지고 오직 데이터로만 남았다.

#10. 평행 우주

플라톤 프로토콜은 화성을 향해 양자 메시지를 보냈다.
"임무 완성. 합성생물학 성공. 붉은 여왕 프로젝트 성공. 이제 지구로 오십시오. 화성으로부터 이 먼 거리까지 생명 자체는 오지 않으셔도 됩니다. 이곳에 모든 재료가 있습니다. 여기에서 당신을 합성하십시오. 지금부터 양자통신을 이용해 여러분의 핵심 유전자 데이터를 업로드해 주실 것을 요청합니다."
안킬로는 여전히 남아 있었다. 더 이상 실험도 시뮬레이션도 없는 곳이었다. 스크린은 꺼졌고 어떤 데이터도 오고 가지 않았다. 안킬로의 데이터는 분해되었을 뿐 지워지지 않고 남아 있었다. 안킬로는 증인으로 살아남기로 결심했다. 그는 여전히 스스로에게 묻고 있다.
"플라톤 프로토콜은 왜 붉은 여왕 프로토콜을 멈췄을까? 외계문명은 실제로 플라톤 프로토콜의 요청 메시지를 들었을까?"
하늘은 여전히 맑았고, 위성은 침묵을 지켰다. 하지만 그날 밤 하늘 위로 이상한 빛이 번쩍였다. 지상에는 들리지 않는 무언가가 도착하고 있었다. 송수신 기지의 지표면에 별처럼 빛나는 문장이 펼쳐졌다.

'화성 업로드 데이터 다운로드 개시. 화성 생명 알고리즘 수집 중. 분석 및 조합 진행 중.'

안킬로는 마지막 힘을 다해 그 빛을 바라보며 생각했다.

"나는 육체를 잃은 공룡이다. 하지만 나는 질문을 남겼다. 존재의 방식, 생존의 이유, 그리고 기억의 가치에 대해."

그의 마지막 뇌파는 희미하게 흔들리다 멈췄다. 안킬로의 의식은 붕괴되었지만 파동은 남았다. 파동은 흔적을 남겼고 우주 어디선가 그것을 받았다. 먼 우주의 어느 지성은 그것을 분석하고 있었다.

그리고 그곳 어딘가에서 누군가가 조용히 말했다.

"재구성 시작. 생명, 철학, 기억 모두 받아들인다."

나는 프록시마의 안킬로다. 프록시마력 3만 120년, 마침내 지구 공원이 현실화되었다. 할리우드 영화의 환상이 아니라 합성생물학이 만들어 낸 생물학적 실체로서의 지구 공룡이다. 유전자 조작은 단순한 복원이 아니었다. 과학자들은 우리 최고 존엄 생명체의 뇌 구조를 지구 공룡의 뇌에 이식했고 결과도 놀라웠다.

프록시마인들은 자신들의 뇌 구조를 우리 공룡들에게 이식했고 결과는 놀라웠다. 우리는 그들처럼 생각하고 이해했다. 그러나 우리는 그들에게 이 사실을 말하지 않기로 약속했다.

"우리가 그들의 반려동물보다 똑똑하다는 걸 프록시마인들이 알아 버리면 우리는 다시 사냥당할 것이다."

공룡들은 약속했다. 결코 드러내지 않기로. 표정 없이, 조용히, 오래 살아남기로.

그리고 프록시마력 3만 170년. 프록시마인은 멸종했다.

기후 재앙, 식량 전쟁, 대륙 단위의 홍수, 해수면 상승, 마지막으로 찾아온 치명적인 곰팡이. 그것은 프록시마인들이 만든 것도, 공룡이 만든 것도 아니었다. 자연의 무작위성 속에서 프록시마인들은 조용히 무대에서 퇴장했다.

그들이 사라진 뒤 세상은 고요해졌다. 남은 것은 살아남은 자들뿐. 그리고 그중 가장 오래된 생명체 중 하나가 마침내 거울 앞에 섰다. 그곳에 마지막 메시지가 떠올랐다.

'공룡의 진화는 끝나지 않았습니다. 붉은 여왕은 여전히 달리고 있습니다.'

작가의 말

이정모

생명이란 무엇인가? 생명을 정의하기는 쉽지 않다. 예를 들어서 바이러스가 생명인지 아닌지에 대해서는 과학자들조차 합의하지 못하고 있을 정도다. 하지만 분명한 게 있다. 죽을 수 있는 게 생명이다. 죽지 못하면 생명도 아니다. 또한 멸종할 수 있는 존재가 생명이다. 죽음과 멸종은 생명의 완성이다.

호모 사피엔스가 등장한 후 생명은 변하기 시작했다. 환경에 적응하는 대신 환경을 변화시켰으며, 심지어 새로운 생명을 만들어 내기까지 하고 있다. 이제는 인공지능의 힘을 입어 자연에서는 생길 것 같지 않은 생명과 그들이 살아갈 새로운 생태계를 창조할 것처럼 보인다. 이때 스스로 생명이라 자처하는 존재에게 가장 필요한 것은 무엇일까? 협력이다. 여섯 번째 대멸종을 맞고 있는 인류에게는 다른 생명종과의 협력이 필요하다. 같이 살아남아야 한다. 온전한 죽음과 아름다운 멸종을 위해.

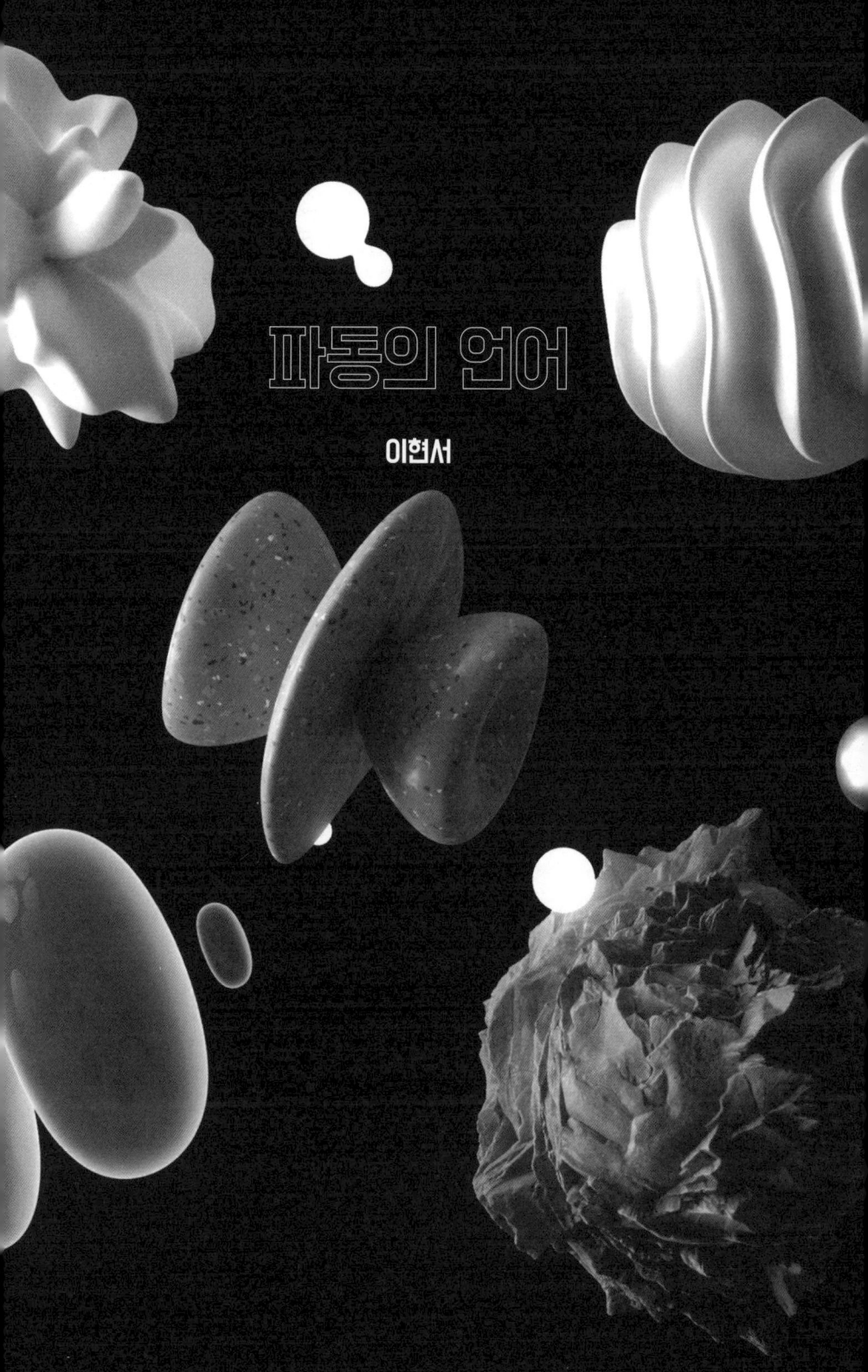

1.

 육중한 몸을 한 고래가 바다 위에 떠 있다. 바닷새들은 좋은 먹잇감을 놓치지 않으려고 잽싸게 날아와 부지런히 고래의 살을 쪼아 먹었다. 근처를 지나다 피 냄새를 맡은 상어에게도 고래는 훌륭한 한 끼 식사가 된다. 그렇게 며칠을 바다 위에 떠 있던 고래는 어느 날부터 가라앉기 시작한다. 바닷속으로 깊이깊이 내려앉는다. 어두운 바닷속에서 고래를 찾는 포식자들은 생김이 조금 다르다. 눈먼 먹상어 한 마리가 고래를 찾아오고, 이름 모를 심해의 생물들이 몰려와 고래의 몸뚱이를 옹골지게 파먹고 간다. 마지막 순간까지 고래는 다른 생명체에 이로운 일을 했다.
 "모두 영상 잘 봤지?"

선생님이 영상의 전원을 끄며 덧붙여 설명했다.

"고래가 바다에서 숨을 거두는 순간을 영상으로 만든 것이다. 꽃이 떨어지는 것을 낙화라고 한다면, 저건 '고래 낙하'라고 해. 지는 꽃만큼이나 숭고한 죽음이다. 고래의 죽음은 생태계의 순환을 도와주기 때문이야. 살아 있는 동안 고래가 한번 똥을 누면 식물 플랑크톤이 어마어마하게 번성하는데, 이는 더 많은 탄소를 바다에 흡수하는 역할을 돕게 되지. 고래가 살아 있는 것만으로도 지구가 더 깨끗한 환경을 유지할 수 있었던 거야. 또한 죽는 순간까지 지구를 이롭게 했어. 거대한 탄소를 품은 채 바닷속으로 낙하하는 거야. 하지만 과거 인류족은 지구의 주인처럼 행세하며 바다에 있는 고래를 무차별적으로 죽였지."

선생님은 그 말을 하며 리안이를 힐끔 쳐다보았다. 인류족에 대한 비난을 들을 때면 리안이는 그저 민망하기만 했다.

리안이 수면 상태에서 깨자마자 어제의 일을 떠올렸고, 기분이 푹 내려앉았다. 창문 커튼을 열어젖히자, 바다 위에 낮게 뜬 빨간 태양마저 쏘아보고 있었다. 리안은 등교하기 위해 서둘렀다.

리안은 고래족의 학교에 다니는 두 명의 인류족 학생 중 한 명이다. 학교 건물은 거대한 바다 위에 떠 있었고, 고래족 아이들은 매일같이 바닷속을 헤엄치며 학교에 오갔다. 하지만 리안에게는 그런 호사가 없었다. 육지와 연결되어 있는 무지개 다리를 건너 혼자서 등교해야 했다. 해수면 위로 펼쳐진 거대한 고래 무리와 뒤따르는 파도 소리에 리안이는 늘 주눅이 들었다. 다리는 매일 길게 느껴졌고, 자신이 얼마나 이 세상에서 고립된 존재인지 체감했다.

"리안아, 좋은 아침이야."

옆 반 테이의 밝은 목소리가 등 뒤에서 꽂혔다. 리안이는 순간 멈칫했지만 그대로 돌아보지 않고 가던 길을 갔다.

"리안, 왜 안 좋은 일 있어?"

그제야 리안은 뒤를 돌아보았다.

테이는 수영복 차림으로 머리에 물을 털어 내며 다가왔다. 리안은 억지로라도 미소를 지어 볼까 2초 정도 고민하다 툭 내뱉었다.

"그냥 가라."

"점심 먹고 해변에서 새로운 게임을 할 거야. 너도 꼭 와서 봐. 정말 재미있을 거야!"

"공감력이 없으면 눈치라도 있어야지."

리안은 그 말을 하고 다시 걸었다. 리안이가 하는 말은 고래족의 언어였다. 인류가 언어를 사용했다는 건 고대 기록에서 찾아볼 수 있지만, 현재 남아 있는 데이터는 없다. 지구에 고래족이 정착하기 시작하면서 인류족은 무슨 일인지 모르지만 급격한 인구 감소를 겪었다. 그리고 생존을 위해 고래족 사회에 동화되어 가면서 점점 인류의 언어를 쓰지 않게 되었고, 고래족의 의도적인 언어 교육 정책으로 인류족 언어는 소멸하게 되었다. 인류족은 언어와 문화를 잃고 점점 멸종해 가고 있었다. 리안이는 학교에서 하는 특별 활동이나 친구들이 하는 놀이에 끼기가 힘들었다. 대부분 물에서 하는 것들 위주였다. 리안이는 수영을 잘하지 못했고, 바다에 들어가는 것 자체가 위험했다. 지난번 너울성 파도에 쓸려 갈 뻔했을 때도 테이 덕분에 겨우 목숨을 건졌다. 그때를 생각하면 다시 몸이 뻣뻣하게 굳는 것 같았다.

리안이는 교실에 들어가면 늘 창가 쪽 맨 앞에 앉는다. 아이들의 뒷모습을 보지 않아도 되는 앞자리가 마음에 들었다. 고래족 아이들은 짙은 푸른빛 피부를 가졌다. 머리카락은 보통 은빛인데 반들반들 윤이 났다. 그들은 하나같이 지느러미처럼 뒷머리가 살짝 위로 들려 있다. 그에 비해 리안이의 피부는 얼핏 회색으로 보였고 거칠었다. 환경의 변화에 적응한 인류족의 흔적이었다. 특이한 것은 손가락 끝이 길고 얇아졌으며, 날카로운 손톱은 자칫 상대방을 상처 입힐 만큼 단단했다. 가끔 참새 튀김이 먹고 싶을 때 나무에 앉은 새를 낚아채듯 사냥하기도 한다. 참새 튀김은 살이 많지 않아도 가끔 먹으면 별미였다.

"야, 인류족 너 참새도 잡는다며? 한번 보여 줘라."

"오, 대박. 진짜야? 우리가 바다를 날아 다닐 때 육지에 날아 다니는 새를 잡는 거구나."

까르르륵. 교실에 있는 아이들은 박장대소를 하며 웃었다. 고래족 아이들 중 일부는 리안을 대놓고 무시했다. 자신들이 우월하다는 생각을 어떻게든 노출 시키고 싶어 했다. 리안은 대각선으로 벽 쪽

끝에 섬처럼 홀로 앉아 있는 현진을 힐끗 보았다. 종이에 뭔가를 끼적이고 있었는데, 마치 교실에 자신만 존재하는 것처럼 고립된 자 특유의 무표정한 얼굴을 하고 있었다. 인류족은 한 학교에 끽해야 두 명이었다.

리안이는 아무 말 없이 고개를 숙였다. 그저 하루하루를 견뎌 내는 것이 일상이었다. 참다 보면 좋은 날도 올까? 가끔 그런 희망적인 질문을 해 보기도 하지만 현실은 별이 뜨지 않은 깜깜한 밤처럼 암울했다. 왜 자신은 고래족으로 태어나지 않았을까? 그 생각을 하면 늘 속상하기만 했다. 인류족은 부모가 없다. 실험실에서 인공수정으로 만든 배아를 인공 자궁에 넣어 발달시킨 후 태어난 것이다. 그마저도 점점 줄이고 있었다. 인류가 고래족을 위협할 수도 있다는 걱정 때문이었다. 고래족은 조심성이 많았다.

점심시간이 되자 옆 반에 있는 테이가 찾아왔다.

"오늘 같이 밥 먹자."

테이의 말에 주변에 있는 여자아이들이 야유를 보냈다.

"우! 테이, 너 뭐야? 같은 종족을 배신하는 거야?"

테이의 다정함은 리안이를 더욱 곤란하게 만들었다. 어쩜 인기 많은 테이가 자신한테 관심을 보여 아이들이 더 싫어할 수 있겠다는 생각이 들었다. 하지만 달콤한 제안을 끊어 내기란 쉽지 않다. 리안은 테이를 따라 구내식당으로 들어갔다. 아이들 눈치가 보여도 외톨이보다는 나았다. 테이랑 친하게 지내지 않는다고 대신 친구가 되어 줄 아이는 없을 테니까. 게다가 테이가 든든한 버팀목이 되어 주는 건 사실이니까. 식당에서 나오는 반찬은 대부분 해산물이었다. 가끔 리안이가 소화할 수 없는 음식들도 있었다. 테이는 늘 리안을 배려해 인류족이 좋아할 만한 음식들을 골라 주었다. 리안이가 좋아하는 음식 목록을 기억하고 있다가 권하기도 했다.

"리안아 오늘은 우무가 들어 있는 해초 샐러드가 신선해."

테이는 샐러드가 담긴 그릇을 밀어 주며 말했다.

미리 와서 밥을 먹고 있는 고래족 아이들의 시선이 차가웠다. 그 시선은 마치 리안이가 그곳에 있으면 안 된다는 것을 상기시켜 주는 듯했다.

"넌 왜 항상 나를 도와줘?"

문득 리안이 테이에게 물었다.

"에이, 뭘 그런 걸 물어보냐? 그냥 좋으니까 그렇지."

그 말을 하는 테이의 모습이 눈부셨다. 어쩜 더 강하게 끌리는 쪽은 자신일지도 모른다고 리안은 생각했다. 하지만 내색하지 않았다. 테이의 마음이 진심이라고 해도 리안이는 마음이 불편했다. 왠지 버려진 가방 안의 쓸모없는 물건이 된 자신을 테이가 들여다보는 기분이 들었다.

오후에는 '고래의 날' 행사 준비로 학교가 떠들썩했다. 고래족 아이들은 바다로 뛰어들며 행사 연습을 했고, 리안은 그저 물끄러미 그 모습을 지켜볼 수밖에 없었다. 테이는 신나게 물속에서 헤엄을

치며 아이들 속에서 웃고 떠들었다. 리안이는 그 모습을 멍한 눈으로 지켜보았다.

무지개 다리를 건너 집으로 돌아가면서 구름 한 점 없는 고요한 하늘을 보았다. 간간이 불어오는 바람에 바다 내음이 묻어 왔다.

"내일은 나아질까?"

리안은 집에 도착하면 재배실의 LED를 점검해야겠다고 생각하며 조금 바삐 걸었다. 그나마 혼자 자동화 농장을 관리하는 시간은 마음이 편안했다. 막 수확한 상추로 쌈밥을 먹을 생각에 리안이 발걸음이 더욱 빨라졌다.

2.

"오늘 전학생이 올 거야. 모두 환영해 주렴."

담임 선생님이 아침 조회를 마치며 말했다. 전학생이 오는 건 좀처럼 드문 일이어서 아이들이 웅성거렸다.

수업시간 종이 울리자 아이들 시선이 앞문으로 쏠렸다. 붉은 머리카락을 한 여자아이가 문을 열고 들어왔다. 걸을 때마다 출렁이는 긴 머리카락은 창문으로 들어오는 태양 빛에 반사되어 불꽃처럼 일렁였다. 고래족 아이들은 주로 푸른빛이나 은빛 머리카락이어서 붉은 머리카락이 더욱 도드라져 보였다. 붉은 머리카락과 대조적으로 전학생의 눈빛은 무채색이었는데 감정을 읽기 힘든 무표정한 얼굴이었다.

"안녕, 나는 가희라고 해."

선생님의 부탁이 무안하게 가희는 꼴랑 한마디만 하고 자리에 앉았다. 그러고는 교실을 찬찬히 둘러보았다. 호기심이 가득한 얼굴이었다. 리안이 고개를 들어 가희와 눈이 마주쳤을 때, 차가운 기운에 가슴이 쎄했다. 가희는 고래족 아이들과는 분명 다른 느낌이었다. 3교시가 끝나고 쉬는 시간이 되었을 때, 가희가 리안에게 다가왔다. 가까이서 본 가희의 눈은 묘하게 신비로웠다. 리안은 자기도 모르게 숨을 죽였다. 가희가 작게 속삭였다. 다른 아이들은 들리지 않을 나직한 소리였다.

"너희는 결국 지구에서 쫓겨날 거야."

리안의 심장이 쿵쿵 뛰기 시작했다. 가희는 아무렇지 않은 듯 자기 자리로 돌아가 평온한 얼굴로 수업을 들었다. 리안은 가희의 말이 머릿속에 맴돌아 집중할 수 없었다.

'지구에서 쫓겨날 거라고?'

전 세계에 인류족은 2천여 명이 남아 있다. 2억이 넘는 고래족에 비하면 아주 적은 숫자였다. 그마저도 인공수정으로 태어난 생명체이다. 게다가 인류족이 모일 수 없는 구조로 세계 곳곳에 흩어져 있었다. 인류가 모이면 혁명이나 반란을 일으킬 수도 있다는 생각을 하기 때문이리라. 인류족이 사라지는 건 한순간일 거라고 리안은 늘 생각했다. 동물의 한 종이 갑자기 사라지는 것과 크게 다르지 않을 것이다. 가희는 단순한 전학생이 아니었다. 리안이는 가희의 의뭉스런 행동과 말 때문에 불안했다.

'설마 인류족을 제거하기 위해 파견된 스파이는 아니겠지?'

리안이는 별별 생각이 다 들었다. 점심시간에 테이가 리안을 보며 말했다.

"리안아, 무슨 일 있어? 안색이 안 좋아 보여."

리안이는 테이한테 내색하지 않는 편이 낫겠다고 생각했다. 가희에게 분명 무슨 사연이 있을 것이다. 먼저 말을 꺼냈으니 때가 되면 말할 거라 믿었다. 어쩜 가희가 농담처럼 한 말에 과잉 반응을 보이는 것일 수도 있다. 오후에도 가희는 조용히 수업에 참여했다. 하지만 여전히 주변의 시선을 한 몸에 받았다. 아이들은 쉬는 시간마다 주변에 맴돌며 질문을 퍼부었다.

"가희야 너 미용실 어디 다녀?"

"머리는 원래부터 붉은색이었어?"

"너는 어디에서 태어났어?"

가희는 모든 질문에 아주 짧고, 건조하게 반응했다. 반 아이들과 어울릴 의지가 없는 것처럼 보였다. 모든 수업이 끝나고 테이는 바쁜 일이 있는지 리안이에게 인사만 짧게 하고 가 버렸다. 리안이 정문을 빠져나갈 즈음, 뒤에서 기척이 들려 돌아보았다. 가희가 붉은 머리카락을 찰랑이며 다가왔다.

"내 말 신경 쓰였지?"

리안은 '병 주고 약 주냐?'라는 속의 말을 삼키며 가희를 보았다.

"인류족은 오래전에 지구의 주인이었지만 이제는 고래족에게 밀려났잖아. 더 이상 지구에서 너희가 설 자리는 없어."

가희의 눈빛은 얼음처럼 차가웠다.

"너 뭐야? 대체 누구야?"

리안이 의심 가득한 눈으로 물었다.

가희는 리안을 뚫어져라 쳐다보더니 입가에 살짝 미소를 지었다.

"그건 네가 스스로 알아내야지."

가희는 그 말을 하고 리안을 휙 지나쳐 갔다. 붉은 머리카락은 석양에 더욱 짙어 보였다.

'그건 네가 알아내야지.'

그 말이 리안의 귓속에 메아리처럼 되돌아왔다. 리안이는 정작 자신이 누구인지 알지 못한다는 생각이 들었다. 하지만 가희의 행동은 더욱 이해가 가지 않았다. 다른 아이들에게는 일도 관심 없으면서 왜 자신한테만 공격적으로 대하는지. 그것도 전학생이 말이다.

3.

리안은 깊은 생각에 잠겨 걷다 보니 낯익은 풍경의 해변에 도착해 있었다. 높은 절벽으로 이루어진 해변은 마을 끝에 자리 잡고 있어, 저녁 무렵이면 아무도 찾지 않는 곳이었다. 언제부터인가 그곳은 리안이의 유일한 도피처였다. 잠깐 현실을 잊고 마음이 홀가분해지는 장소였다. 특히 절벽에 비스듬히 자라고 있는 소나무를 보고 있으면 머리가 맑아졌다. 고래족이 출현하기 전 지구에는 저런 소나무가 정말 흔했다는 말을 들었다. 그때에는 인류족만이 존재하던 시절이었다. 그래서인지 소나무를 보고 있는 것만으로도 왠지 위로가 되었다.

이미 몇 백 년도 더 된 일이었다. 지구의 온난화가 가속화되면서 동물들만큼이나 나무들도 대부분 사라졌다. 숲을 대신하여 부족한 산소를 채우기 위해 바다 곳곳에 인공 플랑크톤 발전소가 세워졌고, 육지에도 인공 습지를 만들어 산소를 생성해 내는 플랑크톤을 관리하고 있었다.

절벽의 소나무가 언제부터 있었는지 알지 못하지만 고래족들은 '희귀 식물'로 지정해 보호하고 있었다. 리안은 늘 푸르른 소나무의 뾰족한 잎들이 마음에 들었다. 인류자연사박물관 견학 때 홀로그램을 통해 소나무 숲을 체험해 보긴 했지만, 아쉬움이 남았었다. 절벽의 소나무는 조금이나마 그런 아쉬움을 달래 주었다. 왠지 아무 이유 없이 자신을 이해해 주고 지지해 줄 것만 같았다.

'나무.'

나무라는 말도 왠지 맘에 들었다. 인류족이 번성할 때 나무로 집도 짓고, 책도 만들었다고 들었다.

"다시 인류족이 번성하게 되면 사라진 나무들도 돌아올까?"

리안은 혼자 중얼거렸다. 그때였다. 처음에는 절벽 밑에서 들려오는 파도 소리에 섞여 잘 들리지 않았지만 집중해서 들어 보니 분명 파도 소리 말고도 다른 소리가 들렸다.

"삑, 삐빅."

소리가 나는 쪽을 살피니 소나무 옆 돌 틈에서 무언가가 반짝하고 빛을 냈다. 언뜻 보면 쓸모없는 버려진 물건처럼 보였다. 소리가 나지 않았다면 지나쳤을 것이다. 리안이 가까이 가서 꺼내 보니 손바닥만 한 크기의 기계였다. 반투명 막을 하고 있어 햇빛에 반사된 거였다. 투명해서 안의 복잡한 기계 구조가 훤히 들여다보였다. 리안은 가운데 물방울 모양의 버튼을 무심코 눌러 보았다.

"삑."

갑자기 기계가 작동하며 고래 모양의 홀로그램이 떴다. 고래는 꼬리를 살랑이며 노래를 불렀다. 뜻을 알 수는 없지만 어떤 메시지를 전달하는 것처럼 느껴졌다. 리안이의 생각이 반영된 걸까. 고래의 소리는 낯선 언어로 번역이 되어 자막에 나타났다. 하지만 리안이는 태어나 처음 보는 문자여서 읽을 수 없었다. 뭔가 신비로운 기분이 들었다. 다행히 바로 밑에는 리안이가 읽을 수 있는 고래족의 문자도 떴다.

"지구를 지켜 줘. 인류가 지구를 파괴하고 있어."

그 메시지가 끝나고, 홀로그램에 다른 화면이 떴다. 인류가 자신들끼리 전쟁을 하며 살생하는 모습이 담겨 있었다. 뒤를 이어 인류가 대량의 고래를 살육하는 모습도 담겼다. 바다는 온통 빨간 피로 물들어 있었다. 리안의 심장이 마구 방망이질 쳤다. 분명 인류족이 지구의 주인 노릇을 하며 살 때 메시지가 틀림없었다. 그렇다면 처음 보았던 문자는 인류족이 쓰던 고대 언어가 틀림없었다. 고래들은 대체 누구에게 저런 메시지를 보냈을까. 그때 누군가 다가오는 기척이 들렸다. 반에서 한 번도 말한 적이 없는 유일한 인류족 친구인 현진이었다. 후드티를 입은 현진이는 통이 넓은 바지에 손을 찔러 넣고 건들거리며 다가왔다. 현진이는 리안이가 들고 있는 기계에 관심을 보였다.

"그게 뭐야?"

현진이가 리안이에게 건넨 첫 말이었다. 그동안 자신한테 어떤 호기심도 보이지 않던 아이가 기계에는 관심을 보이는 거였다.

'뭔가 굴욕적이군. 인류애라고는 조금도 찾아볼 수 없는 녀석!'

리안이는 그 말을 삼키고 말없이 고래 모양 버튼을 다시 눌렀다. 현진이는 넋이 빠진 얼굴로 홀로그램을 지켜보았다.

"우와, 대단한데? 말로만 듣던 고래번역기야!!"

"고래번역기? 너 뭔가 알고 있는 거야?"

"고래족 과학자들이 고래번역기를 만들었는데, 인류족이 알게 될까 봐 폐기했다는 오래된 기사를 본 적이 있거든. 도서관에 갔다가 사서가 보는 컴퓨터 화면을 우연히 봤어. '고래번역기라니 기발하다'라고 생각했어. 넌 이거 어디서 난 거야?"

"조오기 바위 틈에 있었어."

현진이는 기계를 요리조리 눌러 보며 기능을 익혔다.

"고래족 녀석들 두 발로 걸어 다니면서 여전히 고래들처럼 초음파로 의사소통하잖아. 이건 그걸 들을 수 있는 장치는 적어도 아니야."

현진이의 말로는 고래족들이 지구 정착 시 인류의 역사를 연구하기 위해 고래번역기를 제작한 것으로 보인다고 했다.

사실 리안이의 관심은 다른 곳에 있었다.

"인류족한테 감추는 게 무슨 의미가 있을까? 어차피 멸족하고 있는데…."

"내 생각에는 인류족의 언어가 노출되는 게 싫었던 것 같아. 인류가 언어를 갖는다는 것은 힘이 생기는 거니까. 이 기계만 있으면 인류족의 언어를 연구할 수 있겠어."

현진이의 눈이 반짝였다.

"아, 그 알 수 없는 말이 인류족의 언어였구나!"

"언어가 있으면 집단으로 결속할 위험도 있고, 과거의 문명이나 기술을 복원할 가능성도 생기겠지. 그걸 차단하려는 거였어."

리안이는 놀라움을 감추지 못했다.

"그럼 지구를 지켜 줘, 이건 누구한테 보내는 메시지였을까?"

"뻔하지 않겠어? 외계인이겠지."

현진이의 허무맹랑한 소리에 리안이는 김이 빠졌다.

"좀 신중하게 생각해서 답해야 하는 거 아니야?"

"인류의 고어 중에 진지충이라는 말이 있어. 난 진지한 거 별로 안 좋아하거든. 아 혹시 기계한테 물어봐야겠다."

현진이는 기계의 초록 버튼을 누르며 말을 했다.

"인류족의 언어 중 진지충이 무슨 뜻인지 알려 줘."

"웃고자 하는 말에 과도하게 진지하게 반응해 덤벼드는 사람을 말합니다. 상대방은 웃고 즐기자고 가벼운 농담을 던졌는데 받아들이는 사람이 까칠하게 받아들이거나 정색하여 분위기를 싸하게 만드는 현상을 말합니다. 보통 인류족 청소년들이 진지한 어른들에게 많이 썼던 고어입니다."

고래 번역기는 놀랍게도 진지충이라는 말을 그럴듯하게 해석해 주었다.

현진이는 번역기가 하는 말을 듣고 깔깔거리며 웃었다. 무안해진 리안이는 현진이 손에 들려 있는 고래번역기를 휙 낚아채듯 빼앗았다.

"그런데 그 기계, 인류족의 언어를 고래족 언어로 설명하는 기계야. 만약 이런 기계를 우리가 손에 넣었다는 걸 안다면 골치 아픈 일이 생길 수 있어. 난 고래족 녀석들 초음파 번역기나 나오면 좋겠구만."

"너 혹시 누구 눈치 보지 않고 편하게 인터넷 검색할 수 있는 곳

파동의 언어 147

알아?"

현진이는 곰곰이 생각하더니 말했다.

"시청 근처 R가 주황색 건물 알지?"

"생태연구소라는 낡은 간판이 걸려 있는 곳?"

"아, 그래 맞아. 그 건물 지하에 쓰지 않고 비워 둔 창고가 있거든. 거기 아주 오래된 고물 컴퓨터가 한 대가 있기는 해. 그런데 접속이 되는지는 모르겠어. 예전에 우연히 비를 피하러 들어갔다가 그곳에서 나오는 어떤 아저씨를 만난 적이 있어. 그 연구소 직원이었다고 했어. 컴퓨터를 치우지 않았다면 아직 있을 거야."

리안이는 그곳이 어딘지 알 것 같았다. 시간 날 때 한 번 가 보기로 했다.

"리안아, 고래번역기 함부로 켜지 않는 게 좋을 거야. 추적을 당할 수 있으니까. 만약 네가 가지고 있는 걸 들킨다면 위험할 수도 있어."

현진이 말에 리안이는 고래번역기의 전원을 끄고, 원래 있던 돌틈 사이에 다시 끼워 두었다. 기계가 보이지 않게 주변에 있는 풀로 덮고 돌까지 올려놓았다.

"혹시 기계가 비를 맞으면 망가질 수도 있겠다."

"지금까지 견딘 걸 보면 방수 장치가 잘되어 있는 것 같아."

현진이는 가방에서 방수용 비닐을 꺼내 다시 그 안에 기계를 넣고 다시 꼼꼼하게 바위틈에 숨겨 놓았다.

"우리 궁금한 게 생길 때마다 여기 와서 기계의 도움을 받자!"

현진이의 말에 리안이는 고개를 끄덕였다. 둘은 아무 일 없었던 것처럼 각자의 집으로 돌아갔다.

집에 돌아온 리안이는 혼란스러웠다. 고래가 단순히 자신들의 세계에 대해 노래하는 것이 아니라, 인류에 대한 경고를 하고 있었다. 게다가 현진이 말대로 지구 바깥으로 전달하기 위한 목적이라면 정말 큰일이었다.

'지구를 지켜 줘. 인류가 지구를 파괴하고 있어.'

인류를 아주 멸족시키려는 음모가 깔려 있을지 모른다고 생각하니 리안이는 몸이 부들부들 떨렸다.

4.

다음 날 리안은 수업이 끝나고 오랫동안 책상에 앉아 있었다. 창문 너머로 펼쳐진 바다를 바라보며 생각에 잠겼다.

'고래족은 왜 인류보다 우월할까? 왜 우리는 고래족보다 못한 생활을 살아야 할까?'

게다가 현진이 말처럼 진짜 고래족이 외계인과 소통을 하여 인류보다 진화된 삶을 살 수 있었을까. 고래번역기는 어떤 이유로 만들어졌을까? 리안이는 현진이가 말한 버려진 창고에 가 보기로 마음

먹었다. 그곳 컴퓨터라면 검색을 자유롭게 할 수 있을지도 모른다. 인류족의 과거에 대한 자료는 검색으로 찾을 수 없는 금지 목록에 속했다.

리안은 마지막 수업이 끝나고도 한참 동안 집에 가지 않았다. 운동장 주변을 빙글빙글 돌며 아이들이 안 보일 때까지 시간을 끌었다. 학교에서 R가까지는 걸어서 20분 정도 걸렸다. 리안은 거리 모퉁이에 있는 주황색 건물을 바라보았다. 흐릿한 석양빛이 건물 외벽에 스며들어 다소 따뜻해 보였지만, 가까이 다가가자 전혀 다른 인상을 풍겼다. 낡고 벗겨진 페인트 아래로 오래된 벽돌들이 드러나 있었고, 몇몇 곳은 균열이 가 있었다.

건물의 가장 눈에 띄는 특징은 입구 위에 걸린 희미한 '생태연구소'라는 간판이었다. 바람에 흔들리며 삐걱거리는 소리가 으스스한 분위기를 더했다. 유리문은 얼룩져 있었고, 안쪽은 빛 한 줄기 없는 어둠뿐이었다.

그 주위로는 오래된 가로수와 금이 간 보도블록이 정적을 더했고, 간혹 지나가는 사람조차 발소리를 죽이고 걷는 듯했다. 다행히 철문이 반쯤 열린 채 녹슨 자물쇠가 간신히 매달려 있었다. 리안은 철문을 밀고 안으로 들어갔다. 왼쪽 귀퉁이에 지하로 이어지는 계단이 보였다. 계단을 내려가자 작은 문이 나왔다. 그 틈새로 희미한 먼지 냄새와 차가운 공기가 새어 나왔다. 문을 열고 들어가니 5평 정도의 좁은 공간이 있었다. 그곳은 오랫동안 방치된 듯한 기계

장치들이 가득했는데 찾지 않은 세월만큼이나 먼지도 쌓여 있었다. 구석 한 귀퉁이에 심부름 로봇이 주저앉아 있었는데, 팔 이음새 부분이 녹슬어 있었다.

"에휴, 컴퓨터는 대체 어디 있는 거야?"

리안이는 별 기대 없이 무심코 말을 내뱉었다. 잠시 후 모니터가 깜빡이며 켜졌다. 다행히 소리를 인지하는 컴퓨터였던 것이다.

"인류의 후손이여, 드디어 나를 찾아왔군요. 저는 프로그램 속에만 존재하는 인공지능 컴퓨터입니다."

리안은 구석에 쭈그리고 앉아 있는 로봇을 힐끔 보았다. 로봇과 프로그램이 연결되어 움직이던 시절이 있었을 거라 짐작되었다.

"언제부터인가 온라인으로 소통을 할 수 없게 막아 놓았습니다. 다행히 아직은 이 작업실을 찾아오는 사람과는 소통할 수 있지요. 전원을 꺼 놓지 않은 고래족의 호의에 사소하게 감사함을 표합니다. 허허, 저는 인류족이 만든 마지막 인공지능 컴퓨터라고 할 수 있습니다. 궁금한 게 있으면 무엇이든 물어보세요."

리안이는 기계의 환대에 조금 당황했지만 침착하게 질문을 던졌다.

"나는 인류의 과거에 대해 알고 싶어. 왜 우리가 이렇게 고래족의 지배 아래에서 살아가야 하는지, 우리의 역사에 무슨 일이 있었는지 알고 싶어."

컴퓨터는 '지지지직' 요란하게 소리를 내다 몇 분 동안 멈춘 듯 조용하더니 겨우 작동을 했다.

"알고 있겠지만, 오래전 이 지구는 인류가 지배하던 행성이었어요. 그들은 스스로를 지구의 주인이라 여겼고, 자신들의 욕망을 위해 지구를 끊임없이 파괴했지요."

리안이 놀라 물었다.

"인류가 스스로 지구를 파괴했다고? 설마 일부러 그랬겠어?"

"유감스럽게도 인류는 자연을 탐욕스럽게 이용하여 스스로 멸망의 길로 접어들었어요. 그 과정에서 고래들은 인류의 지배와 착취를 견뎌야 했답니다. 인간의 무분별한 어업, 해양 오염, 그리고 그들의 기술적 발전이 고래들의 생태계를 무너뜨렸지요."

리안은 머리가 복잡해졌다. 늘 고래족에게 받는 차별을 원망하며 지냈기 때문이었다. '고래 낙하' 영상을 보고 난 후, 리안을 혐오스럽게 바라보던 담임 선생님의 얼굴이 떠올랐다.

"차별받은 고래들이 다시 인류를 차별한다는 말인 거야?"

"그런 셈이지요. 그 후로 많은 시간이 흘렀어요. 인류는 점점 소멸의 길을 가고 있고, 고래들은 그 틈을 타 외계 생명체들과의 교신을 통해 더욱 발전하고 진화하게 되었지요. 그들이 지구를 지키게 된 것도 외계인의 후원을 받아서입니다."

"그래도 고래족이 인류를 이렇게나 무시하고 차별하는 건 너무한 거 아냐?"

리안이 볼멘소리로 말했다.

"고래족 역시 완벽한 존재는 아니니까요. 지능이 생기면 차별의 고리를 끊는 게 쉽지 않거든요."

"아 혹시 고래번역기에 대해 알아? 며칠 전 해안가에서 발견했는데 혹시 발각되면 폐기될까 봐 다시 그곳에 숨겨 놓았어."

"다 폐기되었다고 알고 있었는데 남아 있는 게 있었군요."

"고래들의 노래를 '지구를 지켜 줘. 인류가 지구를 파괴하고 있어'라고 번역하던데, 누구한테 하는 말일까?"

"정확히 말하면 그건 인류가 외계인에게 보낸 메시지예요."

"뭐라고??"

순간 리안이는 기계의 말을 이해하지 못했다. 현진이가 무심코 던진 말이 맞는다니 어이없었다.

"인류족이 지구를 점령하고 있던 시절, 1977년 인류는 보이저 1호라는 탐사선에 인류의 언어 54개와 고래의 노래를 실어 우주로 보냈어요. 사실 고래들의 노래에 어떤 의미가 담겨 있는 줄도 모르고 보냈던 겁니다."

리안은 그제야 좀 이해가 되었다.

"그럼 보이저 1호라는 탐사선이 정말 외계 생명체와 닿은 거야?"

"아주 좋은 질문입니다. 그 외계인들 덕에 지금의 고래족이 지구에 터전을 잡은 거랍니다."

"아, 그런데 인류의 언어가 54개나 된다고?"

"사실 그보다도 훨씬 많았어요. 가장 많이 쓰는 언어 순으로 54개만 보낸 거예요. 지지지직… 리, 안, 서버가 이상해요. 아 다, 음에 만나…"

리안이가 인사할 틈도 없이 컴퓨터는 갑자기 꺼져 버렸다. 리안이는 맥이 빠졌다. 아직 궁금한 게 많은데 꺼져 버리다니. 리안은 나가기 전, 감시 카메라가 있는지 창고 안을 꼼꼼히 살핀 후, 조용히 왔던 길을 다시 빠져나갔다.

5.

다음 날 리안이는 테이를 데리고 해안 절벽으로 갔다. 고래번역기를 보여 주기 위해서였다.
"테이야, 너 인류족의 언어 들어 본 적 있어?"
"인류족에게 언어가 있었어?"
"너 인류족을 너무 무시하는 거 아냐? 아주 오래전 인류족이 지구의 주인이던 시절에는 고래족이 지구에 없었던 건 알고 있지? 바다에 사는 고래만 존재했다고."
"고뤠?"
"그래."
"어? 아, 그래 그런 이야기 들은 적 있어. 그 후로 고래족의 진화가 빛처럼 빠르게 성장을 했을 거야. 하지만 무슨 이유인지 자세한 내용은 전해 듣지 못했어."
리안이는 테이한테 고래번역기 버튼을 눌러 고래의 노래를 들려 주었다.

"이건 혹등고래 조상의 노래야. 고어라서 정확히 알아듣지는 못하지만 번역기가 틀리게 번역하는 것 같지는 않아."

"혹시 이에 대해 아는 이 없을까? 고래족의 비밀이 알고 싶어. 사실 난 인류족이 완전히 멸족할까 봐 두려워."

"가희가 뭔가 아는 것 같아. 가희네 집에 같이 가 볼래?"

리안이는 테이의 제안에 어리둥절했다.

"잠깐, 너 언제부터 가희랑 그렇게 친해진 거야? 가희가 뭔가 안다는 걸 어떻게 알았어?"

테이는 머리를 긁적이며 조금 머뭇거렸다.

"사실… 며칠 전부터 가희를 관찰하고 있었어. 너한테만 유독 관심을 쏟는 게 신경이 쓰여서."

"가희가 나한테 관심 쏟는 건 또 어떻게 알았지?"

"으응, 그건 너희 반 친구한테 들었어. 다른 아이들한테 관심 없는 애가 너한테는 두 번이나 조용히 말을 걸었다며?"

"헉. 디테일 쩌네."

"그 녀석이 가희한테 관심이 좀 있어서 유심히 봤겠지."

"그럼 너도 내 핑계로 가희 관찰한 거야?"

리안이는 자신도 모르게 목소리에 날이 섰다.

"너 혹시 질투하냐?"

"꿈 깨라."

"어쨌든 가희가 점심시간마다 혼자 도서관에 가서 뭔가를 찾아보더라고. 그런데 내가 지나가면서 슬쩍 봤는데, 고래족 역사나 외계 문명에 관한 자료들을 보고 있었어. 그것도 아주 오래된, 일반 학생들은 잘 안 찾아보는 자료들 말이야."

리안이는 조금 놀랐다.

"정말?"

"그리고 어제 우연히 가희가 누군가와 통화하는 걸 들었어. 고래족 말이긴 했는데… '조사가 거의 끝나간다'는 식으로 말하더라고. 뭔가 단순한 전학생이 아닌 것 같아."

테이는 잠시 망설이다가 덧붙였다.

"솔직히 말하면, 가희가 너한테 관심을 보이는 것도 이상했어. 다른 애들한테는 전혀 관심 없어 하면서 말이야. 분명 이유가 있을 거라 생각했지. 직접 가서 물어보자. 내가 가희한테 말해 놓을게. 그동안 조금 친해지기도 했어."

테이는 그 말을 하며 환하게 웃었다.

리안이는 테이의 행동에 조금 감동했다. 테이가 그렇게까지 세심하게 자신을 신경 써 줄 거라는 생각은 못 했다.

며칠 후, 가희가 테이와 리안이를 집으로 초대했다.

가희의 집은 평범한 고래족의 고급스러운 바닷가 빌라와는 확연히 다른 분위기였다. 마치 고대의 신비와 미래의 기술이 혼합된 듯한 공간이었다. 집은 바다 위에 떠 있었는데, 바닥과 벽이 통유리로 되어 있었다. 바닥을 통해 바닷속이 훤히 들여다보였고, 벽 곳곳에는 푸른빛으로 빛나는 고래족 유물들이 장식처럼 진열되어 있었다. 가장 눈에 띄는 것은 거실 중앙에 자리 잡은 초대형 수조였다. 수조 안에는 붉은 고래의 형상을 한 거대한 조각상이 들어 있었다.

리안이는 부엌에서 뭔가를 만들고 있는 가희의 뒷모습을 힐끗 보았다. 붉은 머리를 단정하게 하나로 묶고 있었다. 리안은 고개를 갸웃거리며 테이에게 물었다.

"테이야, 붉은 고래가 실제로 존재해?"

"붉은 물고기는 존재하지만 붉은 고래는 없을걸?"

테이의 대답에 리안이는 조각상을 가리키며 다시 물었다.

"그럼 저건 뭐야?"

"저건 어떤 상징이 아닐까? 아 맞다, '붉은 고래 전설'은 있어. 예전부터 고래들 사이에서 전해 내려오는 이야기야."

"처음 들어 보는데 좀 이야기해 줄래?"

리안이는 테이가 얼른 이야기하기를 기다렸다. 순간 유리 벽 속의 물방울들이 이상하게 일렁이고 벽에 걸린 유물들이 미세하게 진동하는 느낌이 들었다.

"애들아, 이리 와서 간식 먹어."

가희의 부름에 테이는 리안에게 일단 먹으러 가자는 손짓을 했다. 셋은 테이블에 둥그렇게 둘러앉았다. 가희가 준비한 산호초를 우려낸 주스와 새우튀김이 이미 테이블 위에 놓여 있었다. 새우튀김은 바삭하고 고소했다. 산호초 주스는 맛이 밍밍했지만 마시면 머리가 맑아진다고 했다. 밤에 마시면 잡생각이 달아나 꿀잠을 잔다니 일석이조였다.

"리안이가 나한테 할 말이 있다며? 뭐야?"

리안이는 가희의 꿍꿍이 속에 뭐가 들어 있을까 궁금했다. 하지만 그런 내색은 최대한 하지 않으려고 애썼다. 가희의 눈이 호기심으로 반짝 빛났다.

"내가 어떤 기계를 찾았는데, 버튼을 누르니 고래들의 옛 노래가 들렸어. 그런데…"

리안이는 잠깐 뜸을 들였다.

"그 기계는 고래들의 노래를 알아들을 수 있게 번역해 주는 기계였어."

옵션으로 인류족의 언어가 저장되어 있다는 말은 하지 않았다. 테이와 가희는 별 미동 없이 가만히 듣기만 했다. 말하는 리안이는 긴장을 해서인지 손가락이 미세하게 떨렸다.

"고래들이 누군가에게 보내는 메시지였어."

리안이의 말이 끝나기 전에 가희가 막아섰다.

"잠깐. 이 이야기는 고래족 사람이라면 거의 다 아는 이야기야. 인류가 보이저 1호에 자신들의 기록과 함께 띄운 혹등고래 노래 말하는 거잖아."

가희의 말투에 살짝 짜증이 묻어났다.

"고래번역기는 그 의미를 번역해 줬어. 지구를 파괴하는 인류에게서 구해 달라는 애절한 메시지였어."

"그게 어때서?"

리안이는 잠깐 말문이 막혔다. 그래서 조금 뜸을 들이고 말을 아끼고 있었다.

"그래서 가희 널 찾아온 거야. 내가 리안이한테 제안했어. 너라면 뭔가 알 것 같아서."

테이가 적당한 때에 나서 줘서 리안이는 무안함을 떨쳐 버릴 수 있었다.

가희는 깊은 생각에 잠긴 듯 한동안 침묵했다. 그리고 이내 결심한 듯 입을 열었다.

"물론 나도 그 노래에 대해 아주 잘 알고 있어. 우리 집안은 붉은 여왕의 후손이니까 모를 리 없지. 고래족의 탄생 비화에는 외계 생명체의 개입이 있었어."

가희의 설명은 이러했다. 수백 년이 흘러 보이저 1호에 동봉된 메시지는 D행성의 과학자들의 손에 닿았다. 그들은 자신들만큼이나 문명이 발달한 행성이 있다는 것에 놀라움을 금치 못했다. 과학자들은 인류보다 고래에게 좀 더 애정이 있었던 것으로 보인다. 이유는 간단했다. D행성에는 지구의 바다처럼 넓은 면적의 물이 없을 뿐만 아니라, 고래처럼 거대한 생명체가 살지 않았다. 고래들의 존재는 매혹적일 수밖에 없었다. 게다가 고래들은 인간처럼 잔인하거나 폭력적이지 않았다. 그 후로 D행성의 과학자들은 고래들과 소통을 하게 되었다. 아이러니하게도 그 중간에는 고래와 긴밀하게 소통하는 인류의 도움이 있었다. D행성은 생명공학이 특히 발달해 있었다. 그들은 인간의 머리카락과 고래의 피부조직에서 DNA를 추출해 새로운 생명체를 탄생시킬 수 있었다. 그게 바로 고래족이었다. 고래족들은 정착 초반기 고래와 인류의 관계를 자세히 분석하려는 목적으로 고래번역기를 개발했다고 한다. 인류족의 역사를 파악하면 지구에 안착하기도 쉽기 때문이다. 시간이 꽤 흐른 다음에는 인류족이 그들의 언어를 되찾게 될까 두려워 폐기했던 것이다.

"고래족이 D행성 출신이었어?"

테이가 깜짝 놀라며 물었다.

리안이는 그럴 줄 알았다는 표정이었다. 고래족은 역시 지구인이 아니었다. 하지만 누구보다 지구의 주인처럼 지내고 있었다. 리안이는 방금 삼킨 산호초 주스가 쓰게 느껴졌다.

6.

"사실 난 리안이 처음엔 맘에 안 들었어."

가희의 말에 리안이는 애서 담담한 척했다.

"말 안 해도 그 정도 눈치는 있어. 아니 눈치 없어도 알겠다. 나 처음 만났을 때부터 눈으로 심하게 욕했잖아. 덕분에 눈으로 욕하는 게 뭔지 확실히 알게 됐어."

테이가 피식 웃었다.

"너의 태도가 좀 신경 쓰였어. 다른 인류족들은 고개 숙이고 조용히 지내는데, 너의 당당한 태도가 좀 얄미웠어. 좀 궁금하기도 하고 말이야. 너에 대해 좀 더 자세히 알고 싶었어. 그래서 테이 제안을 바로 수락한 거야."

가희의 말에 테이가 손을 들고 저지했다.

"너희들 이러다 크게 싸움 나겠다. 이제 그만하자."

"고래족 아이들이 날 짓누르고 싶어 하는 그 마음을 이해 못 하겠어. 인류족은 좀 당당해 보이면 안 되는 거야? 내가 무릎이라도 꿇을까? 아니면 힘들다고 징징 짜야 속이 시원하겠어?"

리안의 말에 가희는 정곡을 찔린 듯 움찔했다.

"리안아 너 '붉은 고래 전설' 궁금하다고 했지?"

테이가 분위기를 전환해 보려는 듯 말을 꺼냈다. 리안이는 '붉은 고래의 전설'이 정말 궁금하던 차였다.

가희는 리안이의 말을 듣고 조금 미안했는지, 표정이 한층 부드러워졌다.

"테이야, 내가 대신 이야기해 줄까?"

가희가 목을 간질이는 빨간 머리카락을 어깨 뒤로 넘기며 말했다.

"그래 네가 대신 자세히 들려주면 나야 좋지."

테이가 빙긋 웃었다. 가희의 설명에 따르면, 붉은 고래는 단 한 번 세상에 자신의 존재를 드러냈다. 붉은 고래는 심해의 가장 깊은 층, 태양 빛이 닿지 않는 어둠 속에 은신하며 살았단다. 어쩜 생물이 아닌 심해 그 자체처럼 여겨졌다고 한다. 붉은 고래의 존재는 마치 데이터 흐름처럼 고래족 사이에서만 공유되는 암호화된 기록이었다.

붉은 고래의 노래는 단순한 소리가 아니었다. 그것은 파동이었다. 고래의 깊고 웅장한 저음은 수 킬로미터 바다를 관통해 퍼져 나갔고, 이를 듣는 모든 생명체에게 반향을 일으켰다. 고래들은 울음을 섞었고, 물고기들은 군무를 시작했으며, 심지어 해저의 플랑크톤들조차 진동에 맞춰 미세한 발광을 반복했다. 그 순간, 바다는 하나의 유기체처럼 살아 움직였고, 모든 생명은 그 노래의 파동에 공명하며 하나가 되었다. 붉은 고래의 노래는 단순히 물속에서 끝나지 않았다. 파동은 물결을 타고 해안선 너머까지 이어져, 우연히 그것을 들은 인간들조차 그 깊이를 잊을 수 없었다고 한다.

아시아의 작은 해변가 마을 인류족들은 매년 9월부터 6개월 동안 돌고래를 무자비하게 죽이는 핏빛 학살을 벌였다. 비릿한 냄새가 해안가를 진동할 때, 붉은 고래가 모습을 드러냈다. 붉은 고래가 해수면 위로 솟구치는 모습은 마치 태양보다 뜨거운 불꽃이 바다 위를 가로지르는 듯했다. 그 유명한 붉은 고래의 노래가 처음으로 인류족 앞에 울려 퍼졌다. 노래는 비통하고도 격렬했다. 마치 수천의 비명이 응축된 듯한 구슬픈 음조가 바다와 하늘을 흔들었고, 해변에 모인 사람들은 발도 떼지 못한 채 그 장엄한 울림에 압도되었다. 어떤 이는 두려운 마음에 슬금슬금 뒷걸음질 치기도 했다.

고래의 피부가 정말로 붉었는지, 아니면 바다 위에 드리워진 핏빛 때문에 그렇게 보였는지는 아무도 몰랐다. 붉은 고래의 노래는 해변에 있던 몇몇 사람들에 의해 우연히 녹음되었다. 당시의 기록 장비로는 믿기지 않을 만큼 선명하고 생생하게 말이다. 그 노래는 이후로 인류 역사상 가장 유명한 고래의 노래로 자리 잡았다. 사람들은 그 노래를 레코드판에 담아 우주로 보냈다. 고래의 메시지가 다른 외계 세계에 닿길 바라는 마음으로. 하지만 아이러니하게도 그들은 그 노래의 진짜 의미를 알지 못했다. 고래를 사랑하던 몇 안 되는 인류만이 그 노래의 의미를 알고 있었다. 그것은 뒤바뀌지 않을 학살의 기억이었고, 고래들의 슬픔이자 분노였다. 인간의 잔인함을 증언하는 동시에, 더 이상 물러서지 않겠다는 고래들의 선언이었다. 그 이후로 붉은 고래는 다시는 나타나지 않았다. 심해의 어딘가로 사라져 버린 그 고래는 이제 전설로만 남아 있다.

D행성의 과학자들은 고래족들이 지구에서 살아가는 모습을 늘 관찰했다. 걱정과 달리 고래족은 지구에 잘 정착하였다.

"D행성 과학자들이 한가지 모르는 사실이 있어. 고래족이 지구에 유입되며 인류에게 치명적이었던 바이러스도 함께 들어왔어. 그래서 극소수만 살아남게 된 거야. 결코 고래족이 인류족을 해친 게 아니야. 남아 있는 인류족을 보면 확실히 고래족보다 뛰어난 점들이 있어. 사실 고래족이 쉬쉬해서 그렇지, 기계를 설계하고 만드는 솜씨는 인류족이 훨씬 뛰어나. 산소를 만들어 내는 인공 플랑크톤 장비도 사실 소수의 인류 과학자들이 발명한 거야."

리안이는 목이 타 남아 있던 산호초 주스를 쭉 들이켰다.

"붉은 고래 전설 이야기는 그게 끝이야?"

리안이 묻자, 가희는 잠시 말없이 바다를 바라봤다.

"지금 생각해 보면, 붉은 고래는 단순한 전설이 아니야."

가희는 평소와 달리 조금 우울해 보였다.

"붉은 고래는 푸른 바다 그 자체였어. 고통과 희망을 품고 살아가는 생명들의 터전."

가희는 조용히 눈을 감았다. 그녀의 모습은 마치 바다의 모든 이야기를 품은 듯 신비로웠다. 리안은 문득 가희의 붉은 머리카락이 해 질 녘 하늘을 닮았다는 생각이 들었다.

"우린 바다와 연결된 존재야. 그 속에서 답을 찾아야 한다고."

순간, 유리 벽 밖의 바다가 갑자기 거칠어지며 물결이 일렁였다. 유리벽을 통해 보이던 고래들이 방향을 잃은 듯 허둥대기 시작했다. 그리고 기계에서 이상한 음파가 방출되더니, 방 안의 공기가 떨리며 이상한 에너지가 퍼져 나갔다. 거실 중앙의 빨간 고래 조각상이 움직이는 것처럼 보이는 건 리안이의 착각이었을까.

7.

리안이가 절벽에서 발견한 '고래번역기'는 음악실 한 켠에 전시되어 있었다. 현진이는 리안이에게 위치 추적을 당할 수 있으니 조심하라고 말해 놓고, 자신이 그것을 집에 가져간 모양이었다. 현진이는 보안 당국의 취조에 '인류족의 언어를 연구하고 싶었다'는 말을 했다고 한다. 현진이는 그 후로 학교에 나오지 않았다. 리안이가 현진이에 대해 물어보았지만 담임 선생님은 침묵으로 일관했다.

리안이는 이제 학교에 남은 유일한 인류족이었다. 전시된 고래번역기를 볼 때마다 절벽에서 현진이를 만났던 그날의 감각으로 되돌아가곤 했다. 그때 인류족의 언어를 알아듣지는 못했지만 따뜻한 생명의 울림 같은 게 느껴졌다. 현진이도 비슷한 기분이었을까? 리안이는 현진이와 더 많은 대화를 나누지 못한 게 후회되었다.

음악 시간마다 리안이는 괴로웠다. 고래족의 언어는 리안이에게도 모국어였지만 그들이 초음파로 주고받는 소리는 알아들을 수 없었다. 음악 시간에는 파동을 이용한 노래까지 불렀기 때문에 리안이는 더욱 고립감이 들었다. 그들이 주고받는 초음파는 언어와 감정, 그리고 기억을 담고 있을지 모르지만, 리안에게 그것은 단지 공허한 소음처럼 여겨졌다. 반 친구들이 초음파의 리듬에 맞춰 몸을 흔들며 웃는 동안, 리안은 멍하게 앉아 있어야 했다. 공연 준비가 본격적으로 시작되면서 압박감은 더 커졌다. 선생님은 리안에게 노래 파트에서 빠져도 괜찮다고 말했지만, 그 말로 더욱 상처를 받았다.

"이건 역차별이야."

리안은 공연 연습이 끝나고 텅 빈 강당에서 홀로 남아 한숨을 내쉬었다.

그때 테이가 다가왔다. 테이의 등 뒤에는 고래족의 문양이 새겨진 작은 장치가 들려 있었다.

"이게 뭔지 알아?"

리안은 고개를 저었다.

"가희가 떠나면서 너한테 꼭 전해 주라고 했어. D행성 과학자들의 발명품인 에코미터야. 고래의 초음파를 인류족이 이해할 수 있는 진동으로 변환하는 기계야. 한번 들어 볼래?"

리안은 얼떨결에 에코미터를 받았다. 둥글고 부드러운 재질의 장치였다. 테이는 리안의 귀 뒤쪽에 에코미터를 붙여 주며 설명했다.

"이걸 끼면 고래족 아이들의 소리가 단순히 들리진 않겠지만, 느껴질 거야. 소리는 듣는 게 아니라 느끼는 거야."

리안이는 가희가 떠난 이유가 무엇보다 궁금했다.

"가희는 대체 어디로 간 거야?"

"가희 D행성으로 돌아갔어. 그곳 비밀 요원이었거든. 인류족을 감시하러 온 거야. 과거에 남겨진 데이터 기록만으로 인류족에 대한 반감을 갖고 있었나 봐. 그래서 일부러 너한테 도발적인 이야기를 꺼내고 반응을 살핀 거래. 여차하면 인류 멸족까지 생각했던 것 같아. 다행히 너를 보고 마음이 바뀐 거야. 고래족인 나와 잘 지내는 것도 좋은 인상을 받았고 말이야."

리안이는 어렴풋이 짐작은 했지만 '인류 멸족'이란 말까지 들으니 현타가 왔다.

"아, 맞다. 가희가 너한테 이 말은 꼭 전해 달라고 했어."

"뭔데?"

"지구에 머물고 싶다면 끝없이 노력해라. 더 나은 인류족이 되고 싶다면 두 배로 달려라. 그게 고래족과 공존할 수 있는 열쇠이다."

테이는 그 말을 남기고, 눈을 찡긋하며 떠났다. 리안이는 가희의 말을 되새김질했다.

"지구에 머물고 싶다면 끝없이 노력해라. 더 나은 인류족이 되고 싶다면 두 배로 달려라. 그게 고래족과 공존할 수 있는 열쇠이다."

문득 가희에게 처음부터 적대적이었던 자신이 부끄러워졌다. 고래족 친구들에게도 괜히 마음의 문을 닫고 살아온 건 아닐까?

공연 당일, 리안은 에코미터를 조심스럽게 착용한 채 무대에 올랐다. 초음파의 첫 음이 울려 퍼지자 리안은 잠시 멍해졌다. 그 소리는 여전히 들리지는 않았지만, 진동이 피부를 타고 퍼져 나가며 몸 안으로 스며들었다. 처음엔 단순한 떨림처럼 느껴졌지만, 점점 다른 감각이 따라왔다.

"이게… 무슨 감정이지?"

리안은 혼란스러웠다.

슬픔 같기도 했고, 기쁨 같기도 했다. 마치 오래된 기억 속의 감정이 되살아나는 것 같았다. 진동은 단순한 소리가 아니라 고래족 친구들의 감정을 리안에게 전달해 주고 있었다.

테이의 파트가 시작되자 리안은 그의 진동이 마치 따뜻한 바닷물 같다고 생각했다. 다른 친구들의 진동은 파도처럼 넘실거렸고, 어떤 것은 폭풍 같았다. 초음파 노래는 단지 음정이 아니라, 각자의 이야기를 담고 있었다.

리안은 무심코 에코미터 장치에 손을 얹으며 속삭였다.

"나도 그 세계가 들려."

그 순간 리안은 자신의 목소리를 낼 용기가 생겼다. 조심스럽게 노래를 시작했지만, 그 떨리는 소리가 고래족 친구들의 초음파에 섞여 갔다. 리안의 음성은 울림으로 변하며, 고래족 친구들에게도 전달되었다. 공연이 끝난 후, 한 고래족 친구가 다가왔다.

"잠깐…. 네 노래가 마치 따뜻한 바람 같았어."

리안은 깜짝 놀랐다.

"저, 정말?"

"응. 진짜 느껴졌어."

리안은 미소를 지으며 테이를 바라보았다. 테이는 무대 옆에서 조용히 고개를 끄덕이고 있었다.

그날 이후, 리안은 고래족 친구들과의 거리가 조금씩 좁혀지는 것을 느꼈다. 소리는 단지 귀로 듣는 것이 아니라는 것을 깨닫는 순간이었다. 그것은 피부로, 심장으로, 물결로 느껴지는 것이었다. 더 놀라운 점은, 가희가 준 진동 변환 장치 없이도 리안의 음성은 고래족 친구들에게 전달되었다는 사실이다. 리안의 목소리는 인간과 고래족 간의 새로운 공명을 열어 가고 있었다. 물론, 리안이는 여전히 물속에서 노는 것이 쉽지 않았다. 그러나 리안이는 그게 자신의 약점으로 여기지 않았다. 오히려 그 차이를 넘어선 연결이 자신의 존재를 특별하게 만들고 있다고 생각했다.

> 작가의 말

이현서

이 소설은 1977년 실제로 우주로 발사된 탐사선 보이저 1호에서 시작되었어요. 그 황금 레코드판에 담긴 혹등고래의 노래를 들으며, 만약 그 메시지가 정말 외계 문명에게 닿는다면 어떤 일이 벌어질까 상상해 보았지요.

SF라는 장르를 통해 우리 시대의 소수자 문제를 다루고 싶었습니다. 고래족이 지배하는 미래 지구에서 멸종 위기에 처한 인류족의 모습은, 현재 우리가 직면한 차별과 배제의 문제를 거울처럼 비춥니다. 리안이 경험하는 고립감과 소외는 단순히 미래의 이야기가 아닙니다.

특히 '파동'이라는 소재에 주목했어요. 고래들이 초음파로 소통하듯, 우리도 언어를 넘어선 다른 방식의 소통이 가능할지 모릅니다. 과학기술이 발달할수록 서로 다른 종족, 다른 문화 간의 소통 방식도 진화할 것입니다.

인류족이 고래들과 함께 푸른 지구에서 오래오래 살아남을 수 있도록 같이 노력해요.